땅들아 하늘아 많은 사람아

5월시 동인시집 제3집

땅들아 하늘아 많은 사람아

초판 1쇄 인쇄 2020년 5월 10일
초판 1쇄 발행 2020년 5월 18일

지은이 나종영 곽재구 박주관 최두석 이영진 윤재철 나해철 박몽구 김진경
펴낸이 김연희
주간 박세경

펴낸곳 그림씨
출판등록 2016년 10월 25일(제406-251002016000136호)
주소 경기도 파주시 광인사길 217(파주출판도시)
전화 (031) 955-7525
팩스 (031) 955-7469
이메일 grimmsi@hanmail.net

ISBN 979-11-89231-31-6 (04810)
ISBN 979-11-89231-28-6 (세트)

이 도서의 국립중앙도서관 출판예정도서목록(CIP)은 서지정보유통지원시스템
홈페이지(http://seoji.nl.go.kr)와 국가자료공동목록시스템(http://www.nl.go.kr/
kolisnet)에서 이용하실 수 있습니다.(CIP제어번호: CIP2020018307)

5월시 동인시집 제3집

땅들아 하늘아 많은 사람아

나종영 곽재구 박주관 최두석 이영진
윤재철 나해철 박몽구 김진경

그림씨

머리말

 '5월시' 제1집, 제2집을 내면서 동인시집으로서 으레 갖추어야 할 서문序文을 붙이지 않고 미루어 온 것은 우리가 모이게 된 근본적인 동기가 된 최근 이 땅의 상황들이 쉽게 논리화될 수 없을 만큼 충격적인 것이었기 때문이다. 그러한 사정이 지금 와서 크게 달라진 것은 아니지만, 그래도 얼마간의 시간적 거리를 놓고 이제 조금씩 우리가 나아갈 바를 드러내는 논리적 작업을 시작할 때라는 점에 동인同人들의 의견이 모아졌다. 그리고 이와 같은 작업이 꾸준히 계속되어야 할 것이라고 믿으며 김진경 동인의 평론을 싣는다.

차례

머리말   5

나종영

저녁놀   13

천사마을의 김작은이   14

공옥진孔玉振 1   16

남구현   17

소문을 사세요   19

땅끝에 서서   21

파지破紙   23

곽재구

소국   27

젊은 맞벌이 부부를 위하여   28

대인동 부르스   30

그리운 남쪽   32

성묘   33

걸레야 이것이 10월의 뽕짝이냐   35

헌화가   37

택시   38

어느 사랑의 일기 2   40

어느 사랑의 일기 4   41

박주관

김씨의 어떤 날   45

TV를 보면서   47

봄   49

편지   50

하얀 고무신   52

책장을 넘기며   53

어떤 시인詩人   54

삽시揷詩 쓰는지요   55

사치한 밤   56

아버지의 저녁   59

내 사촌은   61

그날에   62

최두석

노래와 이야기   65

비둘기와 빈대   66

꽃바위   67

한성대韓成大   68

누님   69

고라니   71

내시   72

전우치의 황금대들보   73

대바구니   74

이영진

허수아비   77

휴전선   78

어떤 인연   80

팔복공단 가는 길   82

에스컬레이터   84

그만두고 싶은 공무원님들께   86

성묘   87

다시 가을밤에   89

내가 아무리 시詩를 쉽게 써도   91

윤재철

다시 가 본 한강   95

PLO   96

아메리카 들소   98

갈치   100

빈대에게   102

분노   104

두만강 푸른 물이   105

김포에서　　　　　　　　107

대학 병원에서 4　　　　　109

덕수궁 돌담길 2　　　　　110

나해철

대전 가면서　　　　　　　115

스낵 코너에서　　　　　　117

그건 아야해　　　　　　　119

광주光州　　　　　　　　　121

풀　　　　　　　　　　　123

하향下鄕하면서　　　　　　125

뇌염병동　　　　　　　　127

좀도둑에게　　　　　　　129

노점상을 위한 노래　　　　131

술집 대궐에서　　　　　　133

한천寒泉국민학교　　　　　135

박몽구

부활　　　　　　　　　　139

수유리 3　　　　　　　　140

새벽　　　　　　　　　　141

뻐꾹 할머니　　　　　　　143

담 너머 하늘 145

어떤 친절 146

길 148

괴도 루팡 150

김진경

무지개 155

어린이날에 156

토끼풀 제거 작업 158

갈문리의 아이들 2 160

갈문리의 아이들 3 161

서산에 가서 162

다리 164

맨손체조 166

성산동 시詩 168

거미 170

문학평론

제3문학론_김진경 172

나
종
영
。

저녁놀
천사마을의 김작은이
공옥진孔玉振 1
남구현
소문을 사세요
땅끝에 서서
파지破紙

저녁놀

풀잎도 돌아눕는 저물녘
작은 새 한마리 이슬을 긷다가
날아가 버리고
그 수많은 사람들 맨가슴을 쥐며
쓰러진 하늘에
빛이 터지고 있다
훨훨 날아간 새와
울며 끌려간 사람들 발자국, 봄 들판에
오랜 세월 그리움 남아 있어
먼 산 넘어가는
누구 한 사람 뒷모습
부르는 울음이 붉게 타고 있다.

천사마을의 김작은이

어디 가서 못 오나
산이라면 넘어오고 강이라면 건너오지
장타령 한 가락에 술밥 말아 먹고
보리밭 질러 쉬엄쉬엄 달려오지
돌투성이 황톳길 어디 묻혀 못오나

호남쌀 실어내던 목포항
나라 잃은 설움 깊어 부두파업 일으켰네
피맺힌 두주먹 떨며 쫓겨온 몸
물고구마 함평장 돼지풀이 석곡장
각설이 먹설이로 허리풀고 떠돌았네
이 땅 저 하늘 내 사랑 데울 곳 어디
뚜울뚜울 돌아와 이 세상 가는 길
너울너울 흰 꽃 뿌려주던 김작은이

셈평 밝은 지주놈들 앞다투어 이름 갈 때
대문대문 찾아가 굿거리에 빗대어
논어 맹자 읽었는지 돈 한푼에 팔려서
뜨물통이나 먹었는지 나라 팔고 지조 팔고
얼씨구나 잘한다 품바나 잘한다
매부 좋고 누이 좋고 끼리끼리 잘 논다
드렁조 어깻짓에 한 잔 술 받쳐 먹고

14

낟가리 덕석마당 침 퉥 뱉고 나온 내 사람아

어디 가서 못오나 애고애고 못오나
오월 하늘 푸르른데
물길이면 건너 뛰고 산길이면 헤쳐오지
찔레꽃 돌밭길 큰 산 넘어 어디 갔나
천사마을 밤 깊어 새벽별 찬데

공옥진孔玉振 1

벌판으로 오라고 하네
바람 앞에 서라고 하네
자주달개비꽃 입에 물고
울먹이며 가는 밤길
앞산은 나더러 허튼춤 추라 하고
뒷산은 나더러 곱사춤 추라 하네
설운 마음 깊어 망초꽃 딱지꽃
머리에 꽂고 옴족옴족 넘는 갈재마루
내 무얼 넘지 못해 눈물이 앞을 막나
내 사랑 눈물로 져 그믐달이 되었구나
내 님은 모르리 내 목숨 모진 꿈
소리판 설운 사연 아무도 모르리
앞여울 나더러 병신춤 추라 하고
뒷여울 나더러 봉사춤 추라 하네
절뚝발이 앉은뱅이 안팎곱사 이슬털이
한 덩어리 넋을 불러 자진거리 뛰고 나면
들꽃도 춤을 추고 갯바람도 노래하네
목놓은 덜미소리 달빛 밟고 어디 가나
큰 바다 고여 있는 내 설움 어디 가나
내 사랑 나의 춤 한이 된 나의 소리
벌판의 바위가 되라 하네
바람 앞의 칼날이 되라 하네

남구현

푸르디 푸른 하늘 저 세상 어디
새털구름되어 떠도느냐
키작은 들국화 시진해진 응달구석
갈 곳 몰라 잉잉거리는 꽃등에 한 마리로
떠도느냐, 구현九鉉아
이제 사람들은 너의 이름을 잊었다
먼 하늘 저 너머엔 병신이라고
놀리는 사람 없을 거야 피맺힌 벼랑끝
문고리에 목을 맸던 열일곱
너의 공부방 비껴간 아침 햇살을 잊었다

구현九鉉아, 오늘도 너는 봉천동 산언덕 오르막길
어미의 글썽한 눈에 만월이 되어 차오르지만
걷다가 쓰러지고 걷다가 벽에 기대는
너의 모습이 찢는 아픔이어서
모두들 눈을 감은 채 잊었다
온몸 뒤틀며 방바닥을 헤매면서
가갸거겨 글 깨쳤던 너를
학교에선 받아쓰기가 늦다고
분위기만 흐려 놓는다고 꾸짖었지
—오늘은 식목일 보현이도 학현이도 나무를 심으러 갔다 나
도 언제 한 그루 나무를 심어 볼까 나무를 심는 사람들의 마음

은 나무처럼 푸르고 아름다운 것이겠지—
뒤틀린 다리로 흙삽을 퍼올리던 그 봄날
어미는 풀숲속 뜸부기처럼
오래오래 살자고 너를 안고 울었다

한 점 죄없이도 슬픈 몸
무엇이 두려워서 무엇을 움켜 잡으려고
삶보다 어둠에 먼저 눈을 떴는지
비뚤어진 입가에 머금던
해맑은 너의 웃음,
바람노래되어 들리는구나
푸르디 푸른 시월 하늘 어디
절름거리며 오르던 꽃그늘 어디메쯤
성한 몸으로 네가 걸어와 노래부르는구나
놀림도 조롱도 손가락질도 없는 하늘나라
꿈길에 심었던 나무처럼 푸르려고
못불렀던 노래 큰 소리로 부르는구나, 구현九鉉아.

소문을 사세요

꽃을 사세요
소문을 사세요
당신이 왠지 누구의 말도 믿고 싶지 않을 때
꽃을 사듯 소문을 사세요
금은보화는 사지 마세요
피에르가르댕 옴베르또세베리 선퍼니처
혓바닥도 돌아가지 않는
번쩍이는 따위 사지 마세요
네온 불빛도 없는 으슥한 우체국 계단 위에
쭈구리고 앉아 누군가를 기다리는 당신
오지 않는 당신 친구에게 안겨 줄
흰 꽃을 한아름 안고 가세요
양동시장 우리네 어머니 누이동생들이
귓볼을 만지며 조심조심 정성껏 빚은
토종 소문을 사서 촘촘한 채에다
열 번 스무 번 골라 보세요
흥부의 박처럼 도깨비 부채도 쏟아지고
입놀림도 어색한 글래머 여배우도 쏟아지고
절대 퍼뜨려선 안될 악성 풀벌레 울음소리 쏟아져
누구는 누구와 붙어먹고
누구는 누구와 해쳐먹고, 춤바람 난
친구의 아내 술꾼이 된 당신의 아들

이야기 쏟아져 당신은 두 귀를 막을 거예요

믿고 싶지 않다구요, 글쎄요

한 세상 편안히 지내려거든 차라리

손발눈코입귀 얌전히 묶어두세요

돈 안드는 소문을 사서

눈으로만 듣고 뒤로만 퍼뜨리세요

꽃 사세요 꽃을 사!

땅끝에 서서

누군가를 부르고 싶다
파도소리 가슴 저미는 땅끝에 서면
누군가 그리운 이름 부르고 싶다

고요 위 잠든 나를 후들짝 깨우고
아픈 몸 일으키면 옷자락 감추는 그대
우리들 두려운 마음 이겨내지 못할 때
새벽 눈길 헤치고
가파른 고갯길 절름거리며 넘던 친구

이제는 만날 수 없는 그대
크게 외쳐 부르고 싶다
그대 불러, 멍든 사랑 부둥켜 안고
그대가 치던 쇳소리 들려주고 싶다
긴 밤 마루 끝에 꼿꼿이 서서
밑모를 그리움에 새벽별 밝히며
긍마깽갱 긍마깽갱

한 번을 쳐도 천 번은 울려오고
천 번을 쳐도 하나로 맺어져서
만 사람 맺힌 가슴 뚫어주는
그대가 치는 꽹과리소리 파도소리

홀연히 밤바다에 몸을 던지는 파도여
부끄러워라 목마른 밤
억센 물결 부서져 스러지고
스러져 다시 솟구치는 땅끝에 서면
누군가 그리운 이름 부르고 싶다.

파지破紙

아무 말도 쓸 수가 없어서
찬 서리 내리도록 파지破紙만 내고 있다
목메인 말들이 가슴 저쪽에서 뱅뱅 돌 뿐
생생하지도 않고 살아나지도 않는다
몇 번이고 힘줄을 세우고 달려들지만
이내 나는 실패를 거듭하고 있다
서울살이 반십 년 고향에 돌아온 서른 살
헛배 부른 내 몸에도 쇠기름이 낀 탓일까
어느새 이 땅의 나의 사랑은
한 조각 빵이 되고, 나의 희망은
몇 장 돈냄새에 홀린 것일까

한낱 입발림에 지나지 않는
거짓부렁의 한 줄 시를 쓸 수가 없어
잠 뒤척이는 어머니 신음소리 들으면서
새벽바람에 두 눈만 붉히고 있다
방구석 구겨 팽개친 종잇조각,
그것이 썩고 썩어 흙이 되면
뼈 사무친 시가 되리라.

곽재구.

소국

젊은 맞벌이 부부를 위하여

대인동 부르스

그리운 남쪽

성묘

걸레야 이것이 10월의 뽕짝이냐

헌화가

택시

어느 사랑의 일기 2

어느 사랑의 일기 4

소국

그리운 이 땅의
한 필 황포로 살아나
그리운 이 땅의
서러운 가을하늘 한 자락을
끌어안고 우는 키 작은 너는
아느냐 이 땅의 제일 후진
너와지붕 아래서도 그리움은 새 새끼를 치고
이 땅의 제일 추운
삼동의 칼바람 속에서도
봄꽃 뜨거운 산 돌갗 한 송이
청산 속에 낫 갈고 숨어 살고 있음을.

젊은 맞벌이 부부를 위하여

너희 이제 돌아오는구나
겨울 하루날이 너무 길어서
얼어터진 마음으로 맞는 봄 강둑에
다시는 서러운 강꽃 하나 만날 수 없어도
사랑 깊은 너희 두 마음
고드름으로 매달리는 남녘 강마을 야학에
너희 이제 꿈을 꾸는 겨울 꽃송이로
눈 덮인 보리밭길 돌아오고 있구나
해남이라 두륜리
산꽃 마을 국어 선생님을 뿌리치고
월 25만 원의 서정적인 급료와 자격증을 뿌리치고
너희 이제 죽음보다 소중한 자유를 찾았구나
선생님 선생님 보리밭을 돌아나오는 너희들에게
아이들은 별이 되고 풀잎이 되고
더러는 눈물나는 거수경례가 되고
너희 곱은 손 갈라진 흑판 위에
이 시대의 사랑과 자유를 그 직립하는
희망의 코사인X를 적어 나가는구나
누가 너희에게 보리쌀과 감자를 줄 것이냐
보증금 십만 원 월세 삼만 원
단칸 신혼 사랑도 뿌리치고
낮이면 꿈을 파는 월부 브리태니커 외판원

젊은 맞벌이 부부를 위하여
오늘 쓰러진 보리들도 일어나 살을 깎는다.

대인동 부르스

추석달이 밝은데
비인 거리에 너는 그림자를 띄웠느냐
코울타르 먹인 전신주 아래
다리 꼬고 턱 바치고 꼭 그렇게
눈물나는 모습으로 서서 너는 다시
이 거리의 슬픔으로 가을 달맞이꽃이 되려느냐
부평에서 반월에서 구로동에서
이름도 얼굴도 때 묻은 젖 큰 가시내들은
고향이라고 명절이라고 다들 밀려 오는데
전세버스의 차창마다 깨꽃같은 그리움은 피었는데
네가 설 땅이 꼭 한 곳뿐이라고
너는 그 전주 아래 슬픔의 뿌리를 내리고 굳었느냐
그 무슨 한 맺힌 기다림의 씨앗이라도 뿌렸느냐
어색하게 스타킹을 신고 원피스를 입고
사과 광주리 설탕 한 포 입어 보지 못한
어머니의 겨울내복을 사들고
아버지의 소주와 동생의 운동화와 그림물감을 사들고
저렇듯 돌아오는 때절은
가시내의 웃음소리가 그리웁지 않느냐
추석 달빛은 찬데
대인동 골목마다 찬 달빛은 출렁이는데
굳어버린 너의 몸 위에 누가

창녀라고 낙인을 찍겠느냐
누가 한 오리 저주의 그림자를 드리우겠느냐
가까운 고향도 눈에 두고 갈 수 없어서
마음만은 언제나 고향 식구들 생각이 뜨거워서
홀로 들이킨 수면제 가슴 젖어오는데
추석 달빛은 차고 어머니는 웃고
너는 뜬 두 눈으로 달맞이꽃으로
대인동 골목마다 죽어서 살아 있는 눈물이 되었구나

그리운 남쪽

그곳은 어디인가
바라보면 산모퉁이
눈물처럼 진달래꽃 피어나던 곳은
우리가 매듭 굵은 손을 모아
여어이 여어이 부르면
어어이 어어이 눈물 섞인 구름으로
피맺힌 울음들이 되살아나는 그곳은
돌아보면 날 저물어 어둠이 깊어
홀로 누워 슬픔이 되는 그리운 땅에
오늘은 누가 정 깊은
저 뜨거운 목마름을 던지는지
아느냐 젊은 시인이여
눈 뜨고 훤히 보는 백일의
이 땅의 어디에도
가을바람 불면 가을바람 소리로
봄바람 일면 푸른 봄바람 소리로
강냉이 풋고추
눈 속의 겨울 애벌레와도 같은
죽지 않는 이 땅의 서러운 힘들이
저 숨죽인 그리움의 밀물 소리로
우리 쓰러진 가슴 위에 피어나고 있음을.

성묘

무릎을 꿇어라
이 못난 후레자식
핏대를 세우며 삿대질을 하며
아버지는 거친 억새풀로 일어나
억새풀 아래 무릎 꿇은 잡풀보다
허름한 자식놈의 멱살을 움켜 쥐었다
아들아 니 애비 못나 설운 마음
지천으로 패랭이꽃으로 빈 들판에 널렸는데
너 이제 한 주먹의 허름한 눈물로
불쌍한 애비 앞에 무릎 꿇었느냐
생각해라 잘살기 위해서라면
사군자에 곁들인 채색화도 잘 팔리고
미국땅 삼류 음대 옆문으로 빠져나와
떡잎 그른 조선 호박잎들 바이올린 레슨 벌 만하고
잘 살 일 하나로 죽어가는 그 길이 가깝다면
너를 보면 애비 두 눈에 피눈물이 맺히리라
아들아, 별이 뜨는 가을밤을 너는
걸었느냐 여름의 진창 섞인 어둠 속을
헤매었느냐 눈을 감아라
겨울은 오고 홀로라도 네가 걸어야 할 길은 멀다
겨울은 오고 네가 맞을 눈송이는 아직 포근하다
돌아가거라 네 가슴에 남은 그리움이

내 가슴의 그리움과 함께 지천으로 피는 날
허름한 내 무덤 쓰러진 억새풀 위에도
뜨거운 이 세상의 송이눈이 흩날리리라.

걸레야 이것이 10월의 뽕짝이냐

인생이란 무엇인지 청춘을 즐거워
마시고 또 마시어 취하고 또 취해서 키타 부-우기
9월의 마지막 퇴근 버스는 신나게도 금남로를 미끄러지지만
어찌 이것이 그냥 통과하라는 9월이고 키타 부기냐

김선생 이선생 이런 일이 어데 있소
이것이 항구 거리 0번지 사랑인가 0번지 청춘인가
갈아 끼운 테이프에서는 또다시 지난 날의 뽕짝이 춤을 추지
만
9월의 마지막 퇴근 버스는 금남로 1가까지 넘어와 버렸지만

10월이 오면 잊혀진 거리마다 가을이 오고
우리들의 추억 금남로 거리에도 가을이 오고
부다페스트, 잊혀진 그날의 거리에도
사랑과 자유와 죽음의 가을이 시작되고

부다페스트를 노래한 시인은 국회의원이 되고
젊은 시인은 안개와 같이 속삭이고
실험의식이다 비평 정신이다 개다리 뜯은 평론가는
새로 찾은 인용문구 속에서 미쳐 날뛰고

돈이 될 것을 찾아 뒷골목 전당포를 헤매면서

시를 써야 한다고 생각하는 너는
걸레야 이것이 10월의 뽕짝이냐 아니면 사랑이냐
눈물이냐 니에미 뽕이냐.

헌화가

아낙이여
화순군 한천
섬진강 서러운 가을 강변에
꽃잎처럼 가슴의 붉은 울음 쏟아 버리고
햇멍석 위 한 짐의 고추만
붉디 붉은 가을햇살로 쏟아내고 있구나
구름 가고 물 흘러가는 곳
마음 또한 흘러
한 발자욱 멈출 수 없는데
아낙이여 그대 펼쳐 놓은 서러운
마음 가을강 물살 위에
오늘은 누구의 한 맺힌 슬픔들이
저리도 검붉은 울음으로
되살아나고 있는가
사랑은 흘러 쉬지 않는 곳
섬진강 은물나루 자갈길을 걸으면
찢긴 발바닥 뜨거운 피에 젖어도
홀로 가는 울음으로 알지 못하고
슬픔인 양 피를 토하는 강물 곁에서
찢어진 한 송이 들국을 던져본다.

택시

그 저녁 이후 나는
구겨진 천 원권 지폐 한 장뿐인 호주머니와
눈에 띄지 않는 서정적 자유를 병립시키며
택시를 탔다 마음을 놓고
그 저녁 달걀 한 개를 넣은 라면
한 그릇에 노랑무 세 쪽을 먹고
세 쪽으로 노랗게 뜬
무등산을 바라보며 시내버스를 타다가
철커덕 계수기에 걸린 일금 백 몇 십 원의 가난한
내 발자국의 비명을 들었다. 불안하게.
돌아가자면 마음의 길은 더더욱 불안하고
족쇄에 채인듯 내 두 발은 꿈쩍이지 않았다.
우리 작고 희미한 꿈과 자유의 삥땅을 막기 위해
낙엽보다 먼저 부서지는 저 작은 희망의 가슴들을
쓸어 한꺼번에 불태워 버리기 위해
오늘 사장님은 산을 오르는
버스에도 쇳내 나는 족쇄를 채웠을까
산으로 오르는 마음은 부서져 모래나 되고
단풍잎은 떨어져 다시 서러운 노래로 피지 못하고
그 저녁 이후 나는
일금 천 원뿐인 호주머니와
눈에 띄지 않는 서정적 자유를 병립시키며

택시를 탔다 당당하게

날아오르자
천 원이여 서정적 자유여
삥땅이여 **택시!**

어느 사랑의 일기 2

아침 풀밭 속에
풀벌레들이 모여 춤을 추는
조그만 야외 무도장이 있었습니다
사람들은 사랑과 함께 희망을 버리고
미련뿐인 한 시대의 상처를
생각하기 위해 조용히 스텝을 밟습니다
봄날 배추꽃을 분지르며 달려온
구청의 철거반도 아름답고
우리들은 잠시 시장님과 창녀가 춤을 추는
싸리꽃이 피는 그런 정경을 생각합니다
겨울은 가고 세월은 가고
늙어 꼬부라진 그날의 희망을 위해
시장님과 창녀가 함께 부르는
조용한 듀엣도 생각합니다.
회장님과 창녀의 발레공연도 생각합니다
의원님과 창녀의 미술전람회도 생각합니다
장군님과 창녀의 시가행진도 생각합니다
교수님과 창녀의 세미나도 생각합니다
오오 희망은 가고 사랑은 가고
드러나지 않는 가슴 속의 슬픔을 위해
오늘은 우리들과 우리들의 랑데뷰를 생각하며
그리운 그날의 춤을 춥니다.

어느 사랑의 일기 4
―이사

제1집 광주시동구산수3동 129-5 고추밭
제2집 광주시동구지산2동 708-12 수수밭
제3집 광주시동구산수2동 516-35 들깨밭

일 년 반 동안
세 권의 동인지를 내면서
베짱이는 세 번의 이사를 했다
허름하고 낡은 세 권의 동인지에는
가난한 여름 베짱이 한 마리가
물어다 모은 스물 몇 편의 시가 들어 있고
눈 오던 수수밭 이삿길에
그 해 담근 햇장 항아리를 깨뜨리고
어머니는 눈 위에 번지는 먹장 빛
얼굴로 한 시대의 서러운
슬픔의 멱살을 움켜쥐었다
눈이여 저문 거리에 내쫓긴
죽은 듯 고요한 몇 마리의 겨울 정물을
흔적도 없이 덮어 주는 뜨거운 사랑이여
월세 삼만 원이 힘에 부쳐
들깨밭으로 집을 옮기던 가을
식구들은 논둑 위에 앉아 삶은 옥수수를 먹고
베짱이는 무거워진 이삿짐을 덜기 위해

희망이 적힌 몇 권의 낡은 시작노트를
강물 속에 구겨 넣었다.

박주관.

김씨의 어떤 날

TV를 보면서

봄

편지

하얀 고무신

책장을 넘기며

어떤 시인詩人

삽시揷詩 쓰는지요

사치한 밤

아버지의 저녁

내 사촌은

그날에

김씨의 어떤 날
—70년대 서울의 사랑 1

라이터 노점상 김씨는
몰려가는 행렬을 보며
눈살을 찌푸리고 있다
그 자신도 이승만 할아버지가
주신 선물로 다리가 절뚝거리면서
하루 매상을 공친 것을 계산하고 있다
갑자기 도망가는 무리들 뒤엔
신발짝과 가방들이 즐비하고
안개가 피어오르기 시작한다
차들은 제 갈길을 잃어버리고
밖으로 밖으로 도망가기 시작한다
쫓아가는 사람 중엔
친구도 있고 동생도 있고
외삼촌도 있다

화전이나 상암동쪽 어디메쯤
셋방든 김씨는 돌아갈 빈손이 허전해
1960년 봄부터 눈물이 많아지기 시작한
그 사람은 금새 글썽거리기 시작한다
아버지 어머니도 눈물젖은 두만강이었지만
자식이 하나둘 늘어갈 때마다
돌아가는 버스 속에서

퇴락한 기념관의 희미한 불빛을 바라보고
누군가가 자리를 양보하기를 바랄 뿐
내일은 무사할까
셋째 놈 우유값이나 벌 수 있는지
조는 그의 머리 위로 매연만이 넘치고 있다.

TV를 보면서
―70년대 서울의 사랑 2

TV를 보면서
사랑의 기교를 배운다
배반의 되풀이를 어제도 보고
붙잡혀가는 그들의 목덜미를 응시하면서
쓸데없는 기자양반들의
수행을 욕하고 침뱉으며
갑자기 쏟아지는 물 위의 공장과
죽어가는 고기떼의 수장을 아까워하고
지하철을 타고서
소매치기하는 녀석도 보고
요즈음 우리들이 그 여자를 가리켜
한국의 마릴린 몬로라 부르면서
안개 속에서 살해당하는 장면과
달아나는 검은 찝의 검은 잠바를 본다

무서움을 하나도 느끼지 못하는 그들은
우리들 곁에서 날마다 죽어가고
우리들은 그들에게서 목졸리는 것을 모른다
불이 성한 나라에서
가난한 이들에게 변절을 강요하고
농구화표 한 장으로 인형같은 마음에게
저 평화시장의 촉낮은 재봉공의 임금처럼

침묵을 언제까지나 묶어 놓을 작정인가?

우리들의 현장을 가되
교과서 읽는 식의 똑같은 외침을 듣고
어제 오후에 남한산성으로 가버린
인질범의 뒷소식은 뭉개버리고
다리의 건설을 세우되
물 밑의 슬픔을 무더기로 철거시키고
맹아들만 모여서 투표하고
구령조 노래 속에서 아침은 깨어나고
문방구점 앞에서 떡볶음 먹고
공원마다 야바위꾼만 득실거리는

TV를 보면서
언제 어디서나 어디를 가도
사랑으로써 사랑을 파는 이들과
사랑에 의해서 밀려가는 우리들을 구별한다.

봄
—70년대 서울의 사랑 3

서울의 봄은 누군가를
망우리로 보내면서부터 시작된다
개천가 아이들의 싸움 속에서
시궁창엔 개나리가 피고
헐벗은 지붕 위에 해가 기울면
공장에서 돌아오는 사람들 뱃속에
봄은 도둑처럼 자라고 있다
청량리의 봄에도
강 건너 주물공장의 노을에도
배고픔만 아직도 남아 있고
서울의 봄은 굶주림 속으로부터
시작되고 아직도 끝나지 않고 있다
아름다운 허기여, 진정한 허기여
모두가 떠나면서도 돌아오고
늪 같은 봄은
엄마를 기다리는 아이의 연약한 가슴에도
못박는다
못박는 서울의 봄은
살해당해야 한다

편지
— 70년대 서울의 사랑 4

영득아, 어제 너희 누나는 또 팔려갔다
청량리에서 녹번동 방죽 곁으로 밤을 맞으러 갔다
오늘 늦잠에서 깨어나
직업소개소에서 몇 천 원에 팔려온
어떤 시골아이의 울음을 들으면서
이제 사람들은 사람마저 팔아버리는 걸 보았다.
너는 어젯밤에도 자정이 다 될 때까지
언제든 꼭 같은, 촉낮은 지붕 아래서
해어진 장갑을 끼고서 고무신을 붙이고 있었겠지
언제든 그 시간이면 내 누나는
신부가 첫날밤을 맞아야 하는
닭새끼 모양을 하면서
흐느끼며 방으로 갔겠지
우리가 떠나올 때는 알기는 알았지만
웃음도 없는 이 도시에서
정직한 이들은 웃었다 해서 잡혀가고
'말 잘하는 놈 재판소 가고
얼굴 이쁜것 양갈보 되고'

가뭄에 찌든 논밭처럼
갈라진 부모의 얼굴 위에
편지와 때묻은 돈 몇 푼 띄울 때마다

허허 웃음밖에 나오지 않았다
웃음마저 잃지 않은 걸 보면 우리도 정직한 모양이지
너그러움으로 포장된 서울의 새벽에 서서
한 달에 한 번씩 만나자면서 무작정 헤어져 갔었지
난 밤이면 일하는 아이가 되어서
두 달 후엔가 너희 누나를 만났다
떠날까 떠날까 생각해 보아도 너도 못버리고
더러운 이 도시를 나도 못버리면서
떠나도 반겨줄 고향이 있는 것도 아니지만
육신 어느 곳이든 구멍뚫린 울음이 흐르는데
사는 것은 사는 것이 아님을 분명히 알아야 한다
이 도시에는 모두가 죽어가는 혼만이 남아 있다
영득아, 그래도 너희 누나는 살 것이다 죽지 않는다.

하얀 고무신
—70년대 서울의 사랑 5

여보 여보 나 죽거든
고향에다 묻어주시요
흰 고무신 한 켤레 노잣돈 오천 원이
중환자실에 놓여 있었다.
매형은 정치집회에서 돌아오지 않았고
휴가 나온 나는 우연히 죽음을 만났다.
조 어린것들이 불쌍하다는
어머니의 넋두리만 영안실에 울려 퍼지고
행정적인 절차가 진행되고 있었다.
병으로 죽은 자들이
이 도시에서는 수없이 많지만
서울이 곧 대한민국이 아니라는 사실을 알고
고향으로 가서 묻힌 사람은 몇이나 될까
어떤 모습으로 몇 평의 땅을 사서 묻힐지 알았으리
조 어린것들이 언제 커서
고향 떠난 이 에미의 슬픔을
양지 바른 무등산에 묻어줄까
봄날의 따뜻한 햇볕만 내리쬐는
시립병원 광장엔
꼬마 셋이서 낯선 사람들을 치어다보고만 있었다.

책장을 넘기며
―80년대 서울의 사랑 6

너의 형은 폭력범으로 감옥엘 갔다. 차입해준 책장에 찍혀져 나온 선명한 교도관의 직인을 보면서 동생으로서 행여나 누가 볼 새라 책장을 뜯어 버리고 걸레질로 박박 문질러 버리던 너는 죄짓지 말란 법 있는가

알미늄 샷슈를 맞춘 연립주택 젊은 내외가 잘못이지 직공들 월급도 못주는 요즈음 불경기에 받을 것 받으러 간 게 잘못이냐 대낮에 계집은 속살이 훤히 뵈는 스미즈 바람으로 현관도 열지 않은 채 내일 내일 이게 벌써 몇 번인데 급기야는 그들의 행복을 깨부시고 주먹으로 사랑을 해주었다.

종합상사 말단직원인 내 나이 또래의 그 녀석은 이사가고 말았지만 어디를 가도 똑같은 방법으로 사는 게 서울일까 갖출 것 다 갖춘 다음에 누구를 사랑할 수 있을까 주먹도 사랑이 되는 걸 배운 자보다는 못배운 자들이 많고 공무원보다는 상업인이 많은 힘깨나 쓰는 동네 조기 축구회 친구들에게 자랑스럽게 까발렸다.

어떤 시인詩人
—80년대 서울의 사랑 7

그 시인은 잡지장이가 되었고
그 시인은 화장품을 선전하고
그 시인은 막걸리 한 사발 마시고
그 시인은 유행가 가사를 짓고
그 시인은 시장에서 순대를 팔고
그 시인은 기자가 되어서 국회의원을 꿈꾸고
그 시인은 시詩를 써도 발표된 적이 없고
그 시인은 도서관 직원이 되어서 청소나 하고
그 시인은 부인을 앞세워 술집을 경영하고
그 시인은 소설가로 변신하여 시詩를 쓰지 않고
그 시인은 큰 기업체의 사사社史 편찬 사원이 되었고
그 시인은 방뇨죄로 경찰서 다녀 오고

그들 중 몇 사람이 해외여행을 하고 왔음을 변비가 심한 날
몇 개월 지난 신문을 보고서 발견했었다.

삽시揷詩 쓰는지요
—80년대 서울의 사랑 8

선배님 요즘도 삽시 쓰는지요 말라카 해협을 빠져나오며 보내준 후배의 편지 첫구절을 눈도 내리지 않는 겨울날 떠올리고 있다.

물만 쳐다보며 몇 개월 지내다 쌍고동 소리와 함께 상륙할 때면 여기 저기 죄스럽게 고개들고 얼굴 내밀며 사는 못난 시인詩人들의—종합지 사이 사이에 끼워진—삽시를 보면서 기쁨보다는 애잔함을 느낀다던 그 녀석의 느닷없는 방문 때문에 오미자차도 식고 말았다.

시 한 편이 어디 하루 아침에 이빨 닦다가 이루어질 일이랴 밤새워 읽던 책도 눈밝혀 이야기하던 우리들의 인생도 한 줄의 시 속에 다 들어갔음에도 이 땅의 못난 사내들은 말이 많아지고 긴 문장을 쓰는 걸 언제부턴지 좋아하고 말았다. 온가족의 생계를 위해 몇 개월 몇 날을 바다에 떠있는 외로운 후배의 편지를 힘없는 너희들에게 들려주고 싶다.

쌍고동 소리에 손짓하며 멋쟁이 마도로스는 살지만 남의 나라 배를 타는 그 녀석은 끼워서 사는 인생, 고향 떠난 사람들 속에서 삽시같이 나도 끼어들어서 뾰죽거리며 살아갈 뿐 어느 것 하나도 내것으로 만들지 못하고 있으니 어디 시원한 오줌줄기라도 내갈길 수 있으랴.

사치한 밤
—광주光州 1

그 녀석은 우리들 앞에서
모든 것에 대하여 이야기한다
자유의 법률학적 개념에 대하여
서울식 사랑과 치부에 관하여
윗사람 앞에서 웃음을 웃는 방법에 대하여
여자에게 물 먹일 수 있는 것에
양놈과 다니면서 양담배를 즐겨 필 수 있고
회화를 공짜로 배울 수 있는 기술을 가지고
자신있는 말투와 억센 제스처로
그것은 비굴과 협잡으로 통하는지도 모르고
자기는 검사를 택하겠다고 신나게 떠든다
(고야의 천 팔백 몇년의 대학살이
그때에는 생각나지 않은 모양이지)
시내의 한복판에서
그 녀석이 내려왔다고 한 잔씩 들고
친구가 몇 년씩이나 외출중일
먼지가 푸슥푸슥 일어나는
시내버스를 타고서도 한참 걸어야 하는
썰렁한 블록집에서
한 달에 한 번씩 아들을 찾아가는
어머니를 위로하기 위해서
방범대원만이 득실한 거리를 떠난다

차가운 벽 속에서
페트라세프스키 그대들을 생각하며
부끄러운 얼굴을 하고 부끄럽게 살 줄 아는
여자애들이 짜서 보내준 털모자를 쓰고
눈이 내리는 그 어느 곳을 향하여
언제나 희망의 편지를 쓰고 있는
우리의 깜깜한 친구에 대하여
붉은 얼굴들을 하고서 대문을 밀친다
몇 개월째 주인없는 책상만 남아
타지에서 불어온 기후 다른 바람만이
사월의 호외 속에 마지막으로 몰려들었다

모두들 흩어진 친구들이
숭악만 살아있는 광주光州에 내려오면
늘상 울음이 숨어 다니며
서로가 서로의 얼굴을 바라보지 않고
안으로만 안으로만 기어 들어가는
더러운 밤이 계속된다
어머니, 아니에요
그것은 아름다운 친구들이 갖고 오는
사치한 밤이라 해두지요
어머니, 사치한 밤이 어울리지요

어머니, 어머니, 울지 마세요.

아버지의 저녁
—광주光州 2

물 한 사발 가래 기침 속에
숨어있는 용추폭포 아침은 밝았지만
나라 찾은 뒤 동강난
모래 위 담양 철교 같은
당신의 허리를 껴안아 봅니다
저물어 가는 이 한밤
링게르병의 소리만 듣습니다
매디진 손을 잡아 봅니다

한 평의 땅도 가질 수 없었고
힘없는 주먹만 하늘을 향해 올렸다가 내리던
피난 이후의 남쪽 생활 숱한 나날 속에서도
당신의 저녁은 언제든 눈뜨고 있었어요
삼십여 년 동안 폭격소리만 들으면서도
아무 말 하지 않았지만 숨죽이진 않았어요

대동강 근처에서 자식 셋을 주었고
극락강변에서 넷을 뽑았던
당신은 반도 전체를 떠멘 채
한 생애를 떠돌아 다녔어요
당신이 부려먹은 아내와
배워도 망설이는 자식들만 눈감으려는

우리네 부서지지 않는 아버지 앞에서
무엇을 해야 합니까

내 사촌은
—광주光州 3

송정리 타이어 공장에 다니는 내 사촌은 기술직이라 임금도 일당으로 받지만 나는 넥타이 차고 사무실에 앉아서 슬렁슬렁 머리를 굴려도 월급+α를 받는다. 근무중에 이발소 가서 기찬 계집애 안마도 받으며 외국인 바이어도 만나서 요정에서 판소리 가락도 듣고 밴드에 맞추어 흘러간 옛노래도 한 곡조씩 뽑지만 내 사촌은 허기진 몸 끌고 퇴근버스에 곧장 올라 소태동 배고픈 다리 블록 전세방으로 기어 들어간다.

신년 달력이 나오면 공휴일을 세는 버릇이 생겼지만 소주 한 잔 먹지 않고 모은 돈을 고향계신 노환의 어머니에게 보내드리는 凸凹처럼 굴곡 심한 진짜 타이어 같은 사내다. 겨우내 눈 많이 오기를 기다리는 내 사촌은 내년쯤 시골에 돌아가 농사 지으리라 눈짓을 하던 게 벌써 몇 번인지 도희인들 주택부금 붓듯 귀중한 귀향적금은 마음속에 깃들여 언젠가는 돌아갈 수 있으리라

그날에
— 광주光州 4

그날 나는 세탁소로 숨어 들었다
어른들의 손에 이끌려
지금은 농협건물이 들어선
경찰서 뒤편으로.
도청 전망대에선 총든 사람들이
망원경을 눈에서 떼었다 붙였다 하며 악을 써대고
학생들은 떼지어 몰려가고 있었다
코흘리개 나는 거리로 왜 나왔는지
지금도 헤아릴 수 없지만
저녁 어스름
연탄공장 뒤곁을 돌아서
굴다리 아래 섰을 때
어머니가 머리만 쥐어박았다
천구백육십 년 사월 그날에
어깨를 끼고 다니던 그들 중
어떤 이들은 의사가 되어서는
기관장 조찬회에 참석하기도 하고
몇몇은 외국에서 돌아와
지방 국립대학의 교수가 되었다
그들만이 아니다
우리들 전쟁통에 건너갔던 그들의 형들이
걸었던 길 위에서처럼

최
두
석.

。

노래와 이야기
비둘기와 빈대
꽃바위
한성대韓成大
누님
고라니
내시
전우치의 황금대들보
대바구니

노래와 이야기

노래는 심장에, 이야기는 뇌수에 박힌다
처용이 밤늦게 돌아와, 노래로써
아내를 범한 귀신을 꿇어 엎드리게 했다지만
막상 목청을 떼어내고 남은 가사는
베개에 떨어뜨린 머리카락 하나 건드리지 못한다
하지만 처용의 이야기는 살아남아
새로운 노래와 풍속을 짓고 유전해 가리라
정간보가 오선지로 바뀌고
이제 아무도 시집에 악보를 그리지 않는다
노래하고 싶은 시인은 말 속에
은밀히 심장의 박동을 골라 넣는다
그러나 내 격정의 상처는 노래에 쉬이 덧나
다스리는 처방은 이야기일 뿐
이야기로 하필 시를 쓰며
뇌수와 심장이 가장 긴밀히 결합되길 바란다.

비둘기와 빈대
―바울학사에서

하늘로 열린 곳이 있었던지 천장에 비둘기가 들어와 살았다.
남비를 씻다 버린 밥티를 쪼던 그녀는 가끔 내게 눈길을 주었
는데 분명 앳되고 상냥한 아가씨였다.
　방바닥에 누워 부질없이 그녀의 내력을 생각하니 사직공원
의 무수한 비둘기떼가 시야에 가득하고 한 쌍 처녀새와 총각새
가 막 율곡선생 동상의 엄숙한 도포자락 앞에서 부리를 맞댄
다. 그리고 느티나무 가지마다 잎새마다 선회하는 그들을 끝내
놓치지 않았더니 신사임당의 적삼 속에서 세상의 가장 은밀한
장면을 보았다.
　나는 우연히 동거하게 된 이 아가씨가 그들의 따님이라고 믿
었다. 괜히 가슴이 설레고 몸을 뒤채었다. 그때 돌연 허벅지가
따끔했는데, 극성인 빈대가 문 모양이고, 아무리 약을 쳐도 없
어지지 않았으니 그놈은 아마 천장으로 도망갔을 터였다. 밤마
다 내려왔다 올라가는 빈대, 아무튼 그녀와는 이렇게 피를 섞
었다. 그 후 여름이 되어 비가 새고 천장 모퉁이가 내려 앉더니
비둘기알이 굴러 떨어졌다.

꽃바위

쨍쨍한 조약돌 시내가 복류伏流하다 샘솟는 곳, 벼랑으로 서
있는 바위, 이 집터가 발복發福한 부자의 첩, 김선녀라는 계집
이 하루는 바위에 걸터앉아 바느질을 하고 있었다. 허벅지 사
타구니를 허옇게 드러내놓은 채. 그때 이사랑이라는 놈팽이가
바위 그늘로 스며들어 계집을 후리느라고 도끼로 바위 아랫도
리를 맹렬히 찍어들어갔다. ……돌연한 충격으로 계집은 떨어
져 죽고 부서져 나간 바위조각, 아울러 시름시름 재화財貨도 사
라져 다시 부자가 나지 않는다고 믿어 온 마을의 이름, 꽃바위.

한성대 韓成大

미제美製 지이프가 들이닥치던 날 마을은 텅 비고 뒷산 골짜기 솔잎은 숨죽인 사람들이 간간이 토해내는 한숨으로 경련하였다. 마을에서 맨 먼저 붉은 완장을 두르고 죽창의 날을 세우던 한성대, 주민을 독려해 며칠 산에서 지내다가 또한 맨 먼저 마을로 돌아오고 그의 손끝이 가리키는 솔밭마다 산불이 일어났다. 그러던 어느 날 소제蘇製 군화는 빈사상태로 그의 얼굴을 짓이겨 놓고 먼 길 떠났다. 그때 그의 부상은 앉은뱅이까지 완치되었고 사람들의 증오가 망각으로 무디어진 몇 해 후 언제부터 슬며시 걸어다니게 되었다. 오늘 밤 주막에서 마주친 그의 주정은 길가 미류나무 가지를 매우 흔들어댄다.

누님

너무 똑똑한 양반이라 벌이도 없는, 남편 모시고
정순이 누나, 수의를 지어 생계 꾸리니
윤달이면 준비성 많은 노인들의 주문이 쇄도해 바쁘고
그 틈에 큰어머니 수의도 미리 지어두고

간경화증 남편 청춘에 이별한
정님이 누나, 한복 바느질과 하숙으로 삼남매 기르고
중등학교 시절 의지할 곳 없던 나는
거기에 살며 더러 친구들도 데려다 하숙시키고

시집간 지 일 년 만에 잉태한 채 죽은
정희 누나, 큰 어머니 잦은 눈물의 샘이 되고
그 뒤 매형은 주유소를 차려 돈벌이 제일 잘하고
새로 색시 얻었지만 아직도 사위 노릇 지극하고

육이오 전쟁통에 종두를 못 맞아 곰보가 된
정옥이 누나, 4H니 전화교환원이니 안간힘이다가
사귄 청년 운전 면허 따게 해 사고 몇 번 치르고
이제 숙련된 그는 영업용 택시를 몰아 가장家長 구실하고

대학의 과사무실에서 만난 선배 은숙이 누나는
자취하는 내 쌀 걱정, 추운 옷 걱정 도맡더니

지금 아내가 되어 있다.

고라니

휴전선 비무장지대 잡목 숲에서 고라니 한 쌍이 살았다. 어느 진달래 꽃망울 터지던 날 둘이는 정답게 산보하다가 발밑이 꺼지는 폭음을 듣고 소스라쳐 달리니 암컷은 산줄기를 북으로 타서 금강산에 이르고 수컷은 남으로 치달아 설악산에 다다랐다. 겨우 정신을 수습하여 생각하니 도무지 영문 모르겠고 아무튼 보금자리로 몇 날 며칠 걸려 돌아가는데, 수컷은 철조망을 뛰어 넘다 총에 맞아 안줏감이 되고 암컷 홀로 간신히 돌아와 기다리고 기다려도 소식 없었다. 마침내 짝을 찾으려 태백산맥을 타고 내려와서, 헤매고 헤매기 몇 년 만에 더 갈 수 없는 곳에서 하늘로 치솟는 불길을 보았다. 도대체 뭣 때문인지 알 수 없었지만 실은 미문화원이 타고 있었다.

내시

친구 보고 싶어 연극 구경 갔더니 배우가 내시역 하는 것 아니고 내시가 배우노릇 하는구나. 무대 정면에 얼빠진 공민의 왕이 용상에 앉았는데 그들은 특별히 무대 위에서 방관하는 배우였다. 회색옷 내시가 친구를 끌고 등장했다. 검정옷 내시는 관객을 담당했다. 친구는 평상복에 넥타이 맨 배우의 포로였다. 그는 개사슬로 친구를 이리저리 끌고 다니며 얼굴에 붉은 페인트칠을 해댔다. 친구는 안간힘이었으되 어차피 그놈의 붓을 벗어날 순 없었다. 평상복의 배우가 옷을 벗으니 회색옷이 되었다. 회색옷을 또 벗으니 검정옷이 되었다. 이 연극은 물론 신돈에게 바쳐져 몇 달을 끌었고 결국 친구는 징역 칠 년을 선고받았다.

전우치의 황금대들보

옛날 어느 극심한 보리흉년 쌀흉년에 전우치는 구름을 타고 세상 임금들의 처소에 야간 돌입해 옥황상제의 궁궐을 짓는다고 속여서 금대들보 금서까래를 거두어갔다. 그래 백성들을 구휼하는 데 서까래를 쓰고 대들보는 남아 내 고향 들판에 묻어두었다고 전하는데 가을 벌판이 온통 황금빛으로 출렁일 때면 정말 믿고 싶던 이야기였다.

하지만 이런 이야기는 개울이나 두엄자리에 던져두고 동무들 모두 들을 떠났다. 이발사 운전수 자개공 면서기 외판원이 되어. 유일하게 남아있던 김오중이는 땅마지기에 과수원까지 착실한 그래도 부농이었지만 마땅한 색시가 없어서 시무룩했다. 마침내 농약 먹고 뒷산에 묻혔는데, 오랜만에 귀향한 내가 캄캄 무소식인 채 그의 집을 들렀더니, 애써 결혼한 신부의 가슴에서 젖이 물큰 솟아 나왔다 한다.

대바구니

마당에 가마니를 깔고 앉은 사내가 대를 쪼개며 집안에 흩어
놓은 땀내를 아내는 방안에서 바구니를 짜며 모은다. 자신의
작은 바람도 곁들여 담아 놓는다. 그리고 그 바구니는 담양장
에서 장사 떠나는 다른 아낙에게 넘어가 기차를 타고, 여인숙
에서 며칠 합숙하는 사이 그 아낙의 아들 공납금 걱정까지 담
겨 지금 서울의 고층아파트 입구에서 팔려 가길 기다린다. 드
디어 한 양장의 부인이 나타나 새로운 주인이 되고 바구니를
집어 올린 순간, 모든 땀내와 바람과 걱정은 엎질러지고 부인
은 빈바구니를 들고 사라진다. 이제 바구니에는 무엇이 담길
까? 부인의 딸이 두들기는 피아노의 음표들로 찰까? 카세트가
토해내는 팝송의 외국어로 찰까?

이영진.

허수아비

휴전선

어떤 인연

팔복공단 가는 길

에스컬레이터

그만두고 싶은 공무원님들께

성묘

다시 가을밤에

내가 아무리 시詩를 쉽게 써도

허수아비

너의 껄껄거리는 헐렁한 웃음은 거짓이다
너의 슬픈 누더기도 거짓이다
네가 걱정스럽게 베푸는 몸살은 싱거운 거짓이다
네가 다급하게 외치는 아픔은 원래 거짓이다
아, 허수아비인 나와, 나의 적인 허수아비들아
우린 모두 거짓이다
적도 동지도 모두 거짓이다
사람과 가장 비슷하게 닮은 것들아, 허수아비들아
이제 우리는 네 얼굴이 거짓임을 안다
네 살, 네 뼈 결국 너의 살아있음까지가 거짓이다
그러나 너는 백 년 동안 한 해도 죽어 본 적이라고는 없는 불
사신이다
배고파 울어 본 적이라고는 없는 늙은 제왕이다
이 무너지지 않는 거짓 풍요의 들판
자꾸 헛배만 불러가는 이 늦가을
나의 추수는
빈 들판을 다스리는 너를 살해하는 일
참새 새끼도 두려워하지 않는
너의 무성한 위엄을 베어 내는 일이다.

휴전선

어느 날 보이기 시작했다.
인생이 죽음이다 싶을 때, 이상하게도
휴전선이 보였다.
책상 위에도, 거울 속에도, 재떨이 위에도, 밥상이나
내 막막한 가난 위에도
휴전선이 보였다.

휴전선의 철조망은
내 목숨을 따라 끝없이 이어지고 있었고
그것은 내 목숨의 한계였다.
내 일상의, 내 꿈의
더 나아갈 수 없는 한계였다.

하늘에도 휴전선은 가득 펼쳐져 있었고
나는 하늘을, 그 한계를
그 넘어갈 수 없는 슬픔을 고개를 젖히고 바라다보며
눈물이 났다.

깊은 하늘 속에서는
자꾸 맑은 눈물이 솟아났고
휴전선의 저 끝
저 끝에서 오는 찬란한 눈물

나는 내 목숨을 넘어, 밥상과 가난을 넘어
펄럭이는 성조기를 넘어, 한없이
한없이 차오르고 있었다.

다시, 눈을 뜨고 바라다보는
이 세상의 모든 것들은
일제히 제 낡은 이름을 지워버리고 있었다.

푸른 가을 하늘 밑에는
아무것도 이름이 없었다.
휴전선도, 꽃도 바람도 무덤도
나를 가두어 버리는 쇠철창도
그곳에는 마침내 아무 이름도 없었다.

남으로도 북으로도
그저 이름도 두려움도 모르는 빛나는
땅이 보이기 시작했다.

어떤 인연

지난날 용케도 내 귀 밑을 스쳐 지나갔던 총알이
누군가의 육신을 꿰뚫고
어디로 사라져 버렸는가 싶었던 총알이
오늘은 문득 내 등 뒤 그것도 뒤통수를 향하여
피할 수도 없이

그러나 그것은 결코 피해서는 안 될 어떤 것
피하면 피할수록 자라고 커져서
더욱 빠르게 되돌아오고야 마는 것

우리들의 비겁함 속에
금남로의 타는 노을 속에 들어박힌 총알들아,

광주천을 지나
아프가니스탄의 핏빛 사막을 지나
찢겨져 나간 PLO의 시체더미를 지나
한강을 넘어오는
다시 우리들의 뒤통수를 향해
까맣게 날아드는 총알들아

결국 아무도 피할 수 없는 그 인연들을
나는 다시는 피하지 않기로 했다.

내 몸을 죽여
그 악한 인연이 이어지는 것을 막기로 했다.

팔복공단 가는 길

꿈이 없는 한 세상
기약도 없이 날이 밝는다.

죽어가던 연탄불 두어 구멍
슬프게 슬프게 슬픈 줄도 모르게
빨간 싹이 터 온다.

쓰린 속 헛구역질로
이른 새벽길을 나서는 사람들아
죽고 주려 허기진 세상
어디 꿈이 있느냐
한 세상 피가 도는 꿈이 어디 있느냐.

모든 꿈은 갇혀서
안팎으로 갇혀서
높은 담, 벽 안에서만 빛이 나고

떠돈다고 헤매인다고 말하지 말아라.
가도 가도 서리 내린
새벽 출근길
별이 보인다고 말하지 말아라.
꿈이 없는 한 세상

움직일 수 있다고
먹고 살 수 있다고 말하지 말아라.

흐릿한 새벽, 안개 속을
그림자처럼 떠가는 사람들아
이 세상 어느 곳에 자유로운 자가 있느냐
외롭고 쓸쓸하지 않은 그림자가 어디 있느냐
위태롭지 않은 자가 어디 있느냐.
꿈이 없는 한 세상
기약도 없이 날이 밝는다.

에스컬레이터

에스컬레이터를 타고
롯데빌딩을 올라 보게
슬슬 흘러내리고, 슬슬 기어 올라가는
에스컬레이터를 타보게

가난도 쓸쓸함도
위도 아래도 없는 자유의 나라
돈이 풍풍 흘러넘치는
너무나 현란해서 눈이 부신 나라
손가락 발가락 하나 까딱하지 않고도
올라갈 수 있는 복지의 천국이여

여기는 이 나라의 어디쯤이냐
어떤 고귀한 족속들이
이것들을 구가하며 사는 것이냐
쌀 몇 가마니 값보다 더 비싼 옷가지들 앞에서
넋을 잃고 서있는 나를
에스컬레이터는 쉼없이
쉼없이 토해내는데

너희들의 궁전과
너희들의 자유와

너희들의 복지와는
너무나 멀고 먼 나는 어느 나라의 이방인이냐

그러나 흐릿한 초점의 내 눈깔이여
영등포나 구로동의 먼지속을 헤매이던
내 발가락이여
나를 죽여라
나는 남몰래 남몰래 그것들을 훔쳐보며
천국으로 그 황홀한 복지의 나라로 가고 싶었다.

나는 한순간, 에스컬레이터식 자유이고 싶었다.

그만두고 싶은 공무원님들께

목구멍이 포도청인가

포도청은 당신의 지조를 굽혀놓고
그 강직했었다는 자존심을 깔아뭉개고
부글부글 끓어오르는 분노마저 안으로
꾹꾹 눌러 죽이고
아아, 포도청 푸른 청춘에 술만 먹이는 포도청이여

포도 포도 청청
포도 포도 청청
죽어 서울 하늘 뻐꾹새나 되어 볼까

바른 길이 있으되 따를 수가 없고
입이 있으되 바른 말도 못하고

그래서 당신들의 세상은
항상 나이들어 보면 아는 것인가

오늘이라도 당장
그만두고 싶다고 중얼거리는 공무원님
당신들의 목구멍은
과연 당신들의 포도청인가

성묘

추석도 벌써 며칠이 지났는데

마른 풀밭에 사과와 배를 놓고
끝없이 솟구치는 뜨거운 눈물 대신
막소주 한 잔 부어 놓고
아비는 말이 없다.

저 아래 길가에는
코스모스가 무심히 피어오르고
고개를 들면 푸른 하늘은
뜻모르게 비어 있는데
아비보다 먼저 간 자식아

네 누렇게 뜬 머리카락
마른 풀포기를 손으로 뜯어내며
속으로 속으로 아비가 운다
설운 넋이 묻혀서 산들이 운다.
죽음길 몸 바꾸어 떠난 자식아
네가 가고 금남로는 변함없지만
네가 가고 교문 앞은 변함없지만

그날 이후 사람들은 목이 막혀 말이 없었다.

서로가 서로를 바라보면
말이 없었다.
아비와 무등산은 말이 없었다.

다시 가을밤에

아, 어둠을 밝히는 소리 가득하여라
아주 작고 또 끊이지 않는 소리
달빛에 밝아진 작은 개여울
풀벌레 소리
쓰르르 쓰르르 여울지는 시냇물 소리

밤새워 어둠속을 흘러가는 소리
흘러가며 달빛을 받아
반짝이는 소리
바늘처럼 빛살처럼
어둠을 꿰뚫는 소리

붉은 벽 안에서
무덤 속에서, 여기 저기 온 나라의 어둠 속에서 흘러나와
빛나는 소리
흘러 흘러 어둠 속을 가득 채우는 소리

쓰르라미 여치들
이 연약한 것들의 울음소리
작은 시냇물이 밤새워 흐르는 소리

무거운 바위 밑에서 살되 결코 짓눌리지 않는

목소리들아
보이지 않아서 오히려 그리운 얼굴들아

어떤 역사책을 뒤져봐도
끝내 이름없는
끈질긴 소리들아

내가 아무리 시詩를 쉽게 써도

하루 12시간을 일하고
돌아와 다시 어머님 미음죽을 끓이고
늦은 저녁을 짓고
그리고 졸음과 싸워 가며
시를 읽을까
어떤 시가 그 졸음에 값할 수가 있을까
그래서 나는 가끔 의심해 본다.
아무리 쉽게 아무리 울먹이는 가슴으로
네 노랗게 시들어 가는 노동의 이야기를 써내려도
갈수록 적막한 빈농의 가슴앓이를 쏟아내려도
그들은 정작 읽을 시간조차 없는 게 아닐까
그들은 읽어서 비료로 만들 수 없는 게 아닐까 하고.

윤
재
철
。

다시 가 본 한강
PLO
아메리카 들소
갈치
빈대에게
분노
두만강 푸른 물이
김포에서
대학 병원에서 4
덕수궁 돌담길 2

다시 가 본 한강

　노을은지고노을에잠기는풀잎의강　이제다시와보았다　치밀
듯이그러나잔잔히거슬러오르는물결　비늘의반짝이는몸으로돌
아오는강　길게바닥으로누워흔들리는강의얼굴　조용한흔들림
으로강의숨소리물결을거슬러오르고　떼지어흔들리는풀잎들
멀리당인리발전소굴뚝너머　도시는목탄의스케치위잿빛으로피
어오르는하루가타버린연기　낡은브로크담처럼숫고주저앉은신
화의폐허속을빨간전동차가드나들고　사람들은강을건너돌아온
다　조금씩은지친얼굴로다시와보는한강　강의바닥먼저와누운
노을　풀잎이목을흔들고가슴속잘게와닿는풀잎의흔들림　우리
의몸이풀잎의흔들림을닮고　강속에누운작은풀잎의방　우리의
숨소리가강의숨소리를닮아강을거슬르는물결이되고　참으로오
랜숨결한번도멈춤이없었던네핏줄속의피처럼　하나의목숨과떠
도는풀잎의조용한반복　우리의뿌리는흐르는강물속에누워하나
의없음을되찾는다　가난한세상아침이면일어서서강을지나고도
시를향하는우리들의넋　돌아오지않는우리들의얼굴하나의풀잎
그찰랑한목숨의흔들림을우리는되찾고　이제다시와본한강　타
는노을이우리의가슴속조용한거울로내려앉을때　풀잎의강방마
다작은인내가불을켜고　어둠이큰숨으로빨려들고있었다.

PLO

너를 생각하면서 담배 서너 개피 더 피운 것밖에 없는데
웬일인지 목구멍이 간질간질하더니
끝내는 편도선으로 가득 부어올라
밤새 엎치락뒤치락 잠 못 이루었다.
김구 선생 생각도 하고 시가 무엇인가도 생각하고
조국이 무엇인가도 혁명이 무엇인가도 생각하고
그제는 내 목구멍에도 뜨거운 바람 하나
뜨거운 게릴라 하나 들어 앉아 살을 태우고
밤새 한 그루 나무로 불타올랐다.
이스라엘의 레바논 침공 77일
이제는 베이루트에서마저 쫓겨나
기약없는 유랑길에 오른 게릴라들
게릴라들이 쫓겨가면서 깨진 입술로 외는 말들이
아라비아 사막을 불태우고 다시 바다 건너
밤새 엎치락뒤치락거리면서
시는 분명히 너희들의 목 가운데에 가시처럼
심판처럼 박혀 있었다.
내 자식에게 훌륭한 학교를 마련해 주기 위해 싸우고
싸워야 한다는 어느 여자 게릴라의 말이
미사일보다도 더 무섭고
언젠가는 돌아온다 그래서 모든 것을 거기에 두고 떠난다는
말이

예언처럼 그대들의 가슴에 나무로 들어 차
죽어서라도 녹색의 팔레스타인 땅에는 네가 서리라.
남자로 태어나면 PLO의 전사가 되는 것이 소원인
그대들의 자식들을 보며
해방이 너무 일찍 왔다고 한탄한
김구 선생의 말이
내 목 속에서 다시 나무로 타고
지금 이 땅에 가득 들어 차 있는 질곡으로부터 어떻게 하면
우리가 우리를, 우리의 시를, 우리의 예언을 세워 나갈 수 있
을까
나는 나의 편도선이 낫기를 바라기보다는
나의 편도선 안에 가난하게 쫓겨가는 나라 하나
불타는 나무 하나, 불타는 바람 하나
간절히 기르고 싶었다.

아메리카 들소

네 고향은 이제 빼앗긴 아메리카 대평원이지만
선량하고 거대한 네 어깨는 어쩌면
시골길의 야트막한 산봉우리들을 닮아
어깨로부터 길게 늘여진 머리는
하늘보다 늘 땅에 가깝다.

어릴 적 미군 부대 철조망에 매달려
헬로우 헬로우 껌을 외칠 때
기름칠을 하던 기관총을 우리를 향해 겨누던
벌거벗은 미군 병사의 거대한 체구를 너는 닮았지만
실상 나의 머리 속에는
우루루 몰려 왔다 몰려가며
백인들의 총에 맞아 쓰러지는
인디언의 등 돌린 모습이 떠오른다.

그리하여 너를 돌아가라고 하지 못하는 걸까.
기름지고 광활한 네 조국
너를 잡아 부강하고 비대해진 네 조국
아메리카로 돌아가라고 하지 못하는 걸까.
디굴디굴하고 안으로 깊은 네 눈을 보면
아메리카는 하나의 수모에 불과해
네 눈은 논두렁길 둠벙처럼 깊은 핏발이 선다.

어스름이 내리고 창경원에서도 구석진
네 우리에서는 구경꾼들이 제일 먼저 사라진다.
나무들 사이로 어둠이 오고
건너편 숲속의 사슴들도 길게 길게 엎드릴 때
아직 지치지 않은 네 어깨만 남아
물먹은 산같이 서 있었다.

갈치

술에 가득 취한 채
광화문 지하도에서 굴러 떨어져 죽은
내 선배의 소설 속에서 너는 번뜩이다가
오늘은 비 내리는 도림천 둑길
루핑으로 얹은 판자집 지붕 위에서 비를 맞는다.
언젠가 피 토하고 쓰러진 아버지를 업고
어두운 아파트 계단을 내려오며 너를 보았다가
그제는 가볍게 피워 문 담배 연기 속
신음처럼 길게 몸을 뒤집는 너를 보다가
달리는 만원 버스 바퀴 속에도 너는 있고
최루탄 연기 속에, 고함소리 속에 몸을 휘번뜩이다가
무너지는 지하철 공사장 흙더미 속에도 너는 있고
밤늦게 돌아오는 구로 공단
환히 불켜진 보세 공장 창문에도 너는 붙어 있다.
언젠가 언젠가
전봉준 휘하의 울울한 죽창 끝에서 번뜩이다가
만주벌 독립군의 가슴 속에도 서려 있다가
삼팔선 지뢰밭 속에 피투성이가 되어 누워 있다더니
사월 그 푸른 하늘 깊숙이에서 너를 보았다더니
오늘은 비루먹은 채 저마다 바쁜 빌딩 앞을 서성이다가
저녁 밥상 몇 토막 얼간 갈치로 너는 올라오고
한 점 살이 한 술 밥을 먹지만

드디어는 뼈만 남아 버려지다가
골목골목을 빠져 나와 거리를 가고
귀머거리처럼도 가고 앉은뱅이처럼도 가다가
어둠이 어둠으로 고이는 자리
그 끝에서 하얗게 몸을 뒤집는다.
이제는 그냥 한 마리도 아니고
갈치가 갈치를 만나고 또 어둠을 만나고
만나서 보이지 않게 흐르다가
오늘은 비 내리는 도림천 둑길
루핑으로 얹은 판잣집 지붕 위에서 비를 맞으며 번뜩이고 있
다.

빈대에게

이제 네게는 거대한 비유가 필요하다.
10평짜리 시영아파트보다 더 큰
어쩌면 구로동보다도 크고 영등포보다도 더 큰
살아 숨쉬는 거대한 비유가 필요하다.
약을 쳐도 며칠은 더 버티다가 사라지고
사라졌다가는 언젠가 어느 틈으로 나타나
깊은 밤 잠 속에서 내 다리를 문다.
후다닥 일어나 형광등을 켜면
너는 이미 사라지고 없어
늘 피난살림처럼 쌓여 있는 짐보따리들 속
어디엔가 너는 숨어 있겠지만
화도 나고 어쩌면 어이도 없어
내 큰 몸뚱아리가 부끄러워지고
구차한 살림살이가 부끄러워지고
언젠가는 쏜살같이 기는 너를 잡아 놓고도
한참 동안 너를 죽이지 못했다.
불을 끄고 누우면 너는
내 눈 앞에서 버둥거리다가
나보다도 커지고, 아파트만큼도 커지다가
틈이란 틈으로 어둠처럼 스며드는
형체 없는 거대한 그림자로 커지다가
살아가는 우리들의 검은 눈물로 기어와

아프게 내 다리를 문다.

분노

게들이
눈물같이 작은 게들이
비닐함지 가득 바글거리며 기어오르고
게들이
동전같이 작은 게들이
거품을 물고 함지박을 벗어 나와
보도 위
꽃잎처럼 납짝하게 밟혀 죽는다.
게들은
눈물처럼 작은 게들은
손이 그림을 그릴 수가 없다.
말로 말을 할 수가 없다.
단지 한 마리 두 마리 세 마리
게가 게로 몸을 잇고
분노가 분노로 바글거리며
함지 가득 손이 기어오르고
발이 기어오르고
함지를 기어올라 함지 밖으로 떨어져서
보도 위에 자갈눈을 뜨고 밟혀 죽는다.
꽃잎처럼, 분노처럼, 게들이.

두만강 푸른 물이

귀를 앓는다.
돌아갈 수 없는 강
바람처럼 떠돌다가 청계천 몇 가쯤
리어카 위에 카셋트로 목이 쉬다가
무랑루즈 늙은 가수의 목젖을 울리며
삼팔선보다 먼저 판문점보다 먼저
귀를 앓는다.

땅 속 깊이 귀로 열린 강
깨어진 귓바퀴 속을
간도의 바람이 오고
녹슨 철길이 오고 기차가 오고
빨갛게 얼은 귀를 부비면서
산을 넘어 오는 풀잎들
떠난 님도 오고
누이도 오고 강언덕도 오고
눈물처럼 환히 노을에 젖는 강
쉬임없이 오면서, 지치도록 오면서
삼팔선 이 쪽, 청계천 몇 가쯤
귀를 앓는다.

우리들 가슴 속

앓아 누운 풀잎과 앓지 못하는 풀잎
그 그늘의 깊이로 강물이 일고
눈 감지 않아도 귀 기울이지 않아도
풀잎들의 귓속으로 파랗게 살아 흐르는 강
삼팔선보다 먼저, 판문점보다 먼저
귀를 앓는다.

김포에서

들길을 걸어가며 다시 걸어가며
만나는 이 들판의 삭막함을
그대 아니라고 한다.

들길을 걸어가며 다시 걸어가며
마음이 다시 노래할 수 없음을
그대 아니라고 한다.

들판은 빈 채로 끝없이 이어지고
키 작고 마른 풀잎들이 이룬 한 세상
기대어 설 바람벽 하나 없이
멈추어 서면 거기가 늘
거느려가는 삭막함의 한 끝인 것을

오늘 아브다비로 떠나가는 비행기도
엘에이나 파리로 떠나가는 비행기도
모두 흔들리는 풀잎들의 끝으로 떠나가고
떠나가거나 돌아오거나 서성이는 한 끝에서
바람은 금속성의 비명으로 잘려나가며
그 파편 같은 것들이 바람 속에 누워
들판 가득 풀잎처럼 내려앉는 것을

풀잎들은 서로의 마른 몸을 부비면서
금속성의 신음을 낸다.
마른 풀잎의 끝들이 모여 이룬
이 들판, 삭막함의 한 세상
앉으면 보이고 서면 보이지 않는
한 줄기 풀잎의 일이
끝없이 설레며 네게 있는 것을.

대학 병원에서 4

13층에서 내려다보이는 도시는
흡판으로 움직이는 거대한 섬
뿌우연한 대기 속에 다닥다닥 붙박힌 채
끝없이 널린 따개비들의 섬
모두가 하나씩의 장갑을 등허리에 얹고
하나씩의 음모와 칼을 그 속에 숨겨가지고
느릿느릿 움직이고 있는 따개비들의 섬
그러나 병든 그 속은 누구도 몰라
끝없는 그 속은 누구도 몰라
조그맣고 가난한 우리들의 집은 보이지 않는다.
거기에서 다시 몇 개의 산을 넘어
산허리에 힘없이 쫓겨가 있는
우리들의 집은 보이지 않고
아프지 않으면서도 늘 아픈
건장하면서도 늘 쫓겨다니는
친구들의 얼굴은 보이지 않는다.
어쩌면 암세포 같기도 하고
끝없는 속으로, 아픔으로 짓물러가는
따개비들의 섬
13층에서 내려다보이는 도시가
체온계의 눈금 속에 흔들거린다.

덕수궁 돌담길 2

풍경이 다시 벽壁이다.
꺼지지 않고 자체로 살아가는 벽壁이다.
슬퍼하지 않는 벽壁이다.
기다란 돌담이 풍경의 일부이고
풍경이 긴 담장의 일부이다.

나무가 그 속에 푸르다.
비둘기가 시청 옥상 쪽으로 날아오른다.
전각의 지붕들은 퇴색한 대로
지치지 않는다.

이젠 기억 속에 남지 않으려 한다.
그것은 살아가는 벽壁이고 풍경이고
우리에게 진심을 가장하지 않는다.
우리가 만드는 것은 만들면서
우리들의 손을 쉽게 벗어나지만

그것들은 다시 풀잎이다.
풀잎들로 가득 흔들리는 벽壁이다.
까맣게 햇빛을 태우며 살아가는
우리들의 속으로 쉬임없이 돌아나가는 벽壁이다.

벽壁은 항상 스스로 열려 있다.
활짝 열린 대한문이 다시 벽壁이고
지금 그 문을 드나드는 사람들이 벽壁이고
광장에서 건너다보는 덕수궁의 풍경은
우리들의 속을 꿈틀거리며 살아가는 벽壁이다.

나
해
철.
。

대전 가면서
스낵 코너에서
그건 아야해
광주光州
풀
하향下鄕하면서
뇌염병동
좀도둑에게
노점상을 위한 노래
술집 대궐에서
한천寒泉국민학교

대전 가면서

아이들 둘을 떼어놓고 가면서
일상의 넥타이를 풀어놓고 가면서
세상에 가득하다는 평화를
보기 위해 가면서 나는
푸른 들과 고요한 산
하늘을 찢었다.
아름다운 정물을 깨뜨려
만나는 것
삶의 슬픔,
내 아버지의 비애,
팔순의 나이로 가시나무를 팼던
할아버지의 노동,
봉숭아 씨앗처럼
천민으로 흩어져버린 형제들
싱그러운 하늘은
구름, 가난과 거짓의,
햇볕, 부패와 억압의, 폭력과 싸움의 햇볕,
구더기의 천국.
오 부수고 부순다면
사랑은 다시 사랑이 될 것이므로
결코 오래토록 죽지 않는 것이 될 것이므로
나는 깨어지고 꿈꿨다.

이 시대의 땅과 하늘
이 땅의 무성한 무리.

스낵 코너에서

이 가을
고향 산길을 걷고
익은 감을 따내어
시렁에 얹고 싶었다.
그러나 모두 떠나버려
비어버린
운곡리雲谷里
내 고향을 돌려 달라.
형제들이여
언젠가 다시 양지에 모여
흙을 일구고,
바람이 대숲을 흔드는 소리로
서로 이야기하고
쑥꾹이 울음소리로
잠들자.
새벽별이 꿈의 사립을 열면
잠에서 깨어
산에 서린 안개를 털고
닭장에 모이를 주자.
형제들이여
우리들의 그리움은 결코 죽지 않으므로
잊히도록 오래 이 눈물과 슬픔을

견딘다면
다시 만나 고향을
이루리라. 우리들의 노동은 기필코
잦은 이 거짓과 배반을 이겨
우리 다시 만나 고향을
이루리라.
가을 고향에 가지 못하며
스낵 코너에 앉아
상표 붙은 감과 사과
내 그리움을 깨문다.

그건 아야해

풀을 꺾는 내 아이에게
풀은 아프다고 알려줬다.
아이는 꺾인 것을 보면
언제나 아야해
그건 아야해.
어떻게 설명해 주어야 하나
바보와 같은 이 혹성.
이쪽과 저쪽에서 끊임없이
버려지는
귀한 그 누구의 아버지, 누군가의
자식과 아내, 그 행복,
불도저에 밀리는 가족과
족속, 그들의 평화와 기도.
이대로 간다면
사랑과 따뜻함을 다 익히기도 전에
증오와 파괴의 추문은
해일처럼 밀어닥칠 것이고
너는 지극한 슬픔, 우리는
아무것도 말할 수 없는 답답함과 부끄러움에 울 것이다.
아이야 너는 오늘도
꽃을 꺾는 한 어른에게
아야해 그건 아야해.

작은 풀밭의 나라를 떠나며
풀꽃들에게 손을 흔들며
안녕 안녕

광주 光州

일에 묻혀 있다가도
사람들이 보고 싶어지면
도청광장을 돌아 금남로를 걷거나
충장로 2가 쯤으로 들어선다.
어디서나 기다리고
어디서나 만나는
거리의 구석과 한가운데,
사람들은 볼 부비며 포옹하고
기뻐한다.
서걱이며 풀들이
눈부신 풀밭을 이루는 것처럼,
얼굴도 이름도 몰라도 좋아
증심사 계곡 어디에서
언젠가 한 번 스쳤던 사람이라도 좋아
진달래꽃처럼 쓰러졌던 우리를
일으켜 세운 이 거리에서 우리는
만났으므로
그리워하다가 마주쳤으므로,
어느 길목에서나 서로 가슴을 읽고 곧
아파하며 그리고 따뜻해지므로,
그러므로 거리에 서면
만나는 것은 차라리

무등산, 감싸주며
우리를 덥히는 무등산, 언제나
슬픔과 화농 그리고 희망을 실어 나르는
영산강.
어쩌지 못할 때면 사람들은
거리에 서서 산이 되고 강이 되고
무등에 기댔다가 함께
충장로를 흐른다.
지독한 슬픔 혹은
일에 매여 있다가도.

풀

바람이 불면 풀밭은
흔들린다
깃발도 펄럭인다
죽어가는 풀
이제 잎사귀를 낸 풀
지친 풀
억센 풀
멈추지 않고 모두 흔들린다
농사꾼의 깃발
잡부의 깃발
운전수와 떡집아줌마의
깃발 모두 흔들린다
흔들리다 멈춘다
신라적 무덤처럼 큰 집
대문의 깃발은 좀 잠깐만
펄럭이다 멈춘다
끝까지 멈춘다
바람이 불면 만나고 싶은
백두산의 물소리
묘향산의 칡향기
두만강의 강나루 그 언저리의
처녀와 총각

모두 보고 싶어라

깃발은 흔들린다

가슴 조여 올 때까지

오랜 기다림으로

숨막혀 올 때까지

흔들리다

멈춘다

그리움이 숨죽인다

바람이 불면 풀밭에서는

풀들이 흔들린다

마른 풀 밟힌 풀

꺾인 풀

질경이까지

끝까지

멈추지 않고 흔들린다

흔들려

풀이 된다

하향下鄕하면서

신세계에서 울었다.
지하도 어둠의 입구에
휴지처럼 버려진
할머니에게서
나는 나의 명절을 위해 박달나무 윷을 샀다.
팔백 원짜릴 칠백 원에 살까도 했지만
곧 알았다, 칠순의 할머니가
내 고향 강변 사람인 것을
고랑진 밭이랑의 얼굴로
흙에 앉은 것처럼
종일 움직이지 않는 것을.
그러나 신세계에서도 버리지 못하는
찌든 가난과 희망,
신세계에서도 흐르는
남루한 고향의 강물.
하향하면서
박달나무는
부딪쳐 울면서
할머니를 불편한 신세계에 남겨놓고 오면서
언젠가 고향의 강물이 소리쳐
흐를 그 날을 위하여 나는
박달나무의 슬픔을

나의 기도 속으로 깊이 던졌다.

뇌염병동

한 아이가 뒤틀리면
다른 아이도 움츠러들고
한 아이가 정신을 놓으면
다른 아이도 죽음 같은 잠에 든다.
아이들아
처참한 고통으로 무엇을 말하려 하느냐
깡마르고 저혼자 경련하는
팔목으로 무엇을 가리키느냐
무엇을 쥐어주려 하느냐
불꽃 같은 체열로
너를 태워서
무엇을 밝히려 하느냐
세상은
돌같이 꼼짝도 않는데
너희를 버리고 황홀히 취했는데
아이들아 실신한 눈동자로
무엇을 기다리느냐
나비와 풍뎅이
꽃과 꿀벌과 장수하늘소 그리고 웃음소리
종이 비행기와 오색 팽이
상수리나무의 바람소리
너희들의 즐거움 그리고 평화와 자유,

부서져 잊혀지고
이제 너희마저 절벽 끝에 서 있는데
아무도 너희들의 외침을 듣지 않는데.
한 아이가 숨쉬기를 잊으면
다른 아이도 아픔을 벗어나며
한 아이가 주문처럼
세상을 향하여 중얼거리면
다른 아이도 쥐어짜듯
혼신의 힘으로 목소리를
여는데.

좀도둑에게

미안하다
방이 더럽고 누추해서
줄 것이 별로 없어서
힘들여 열어놓은 서랍엔
너의 슬픔을 잠재울 것 대신
세상의 아픔을 기록한 요오드징크빛
서한과 결린 데 바르는 물파스뿐이어서
미안하다
그러나 도둑아
너대로의 허기와 도둑의 마음이 깊으므로
모든 상자와 옷을 뒤졌구나
훔쳐갈 무엇이 있는 것처럼
도금을 한 채 살아서
미안하다
아이들 둘을
예쁘고 건강하게
아내와 함께
달마다 월급봉투를 받으며 살아서
미안하다
이 시대의 시인이면서
네가 훔쳐갈 좋은 시 하나 갖지 못한 채
부자로 살아서 미안하다

내가 부자여서 미안하다.

노점상을 위한 노래

고모님 이제 그만
카바이트등을 끄고
들어가 쉬셔요.
낡은 저울침처럼 불꽃은
흔들리면서 안간힘하면서
남루와 강냉이에 엉긴
노오란 희망을 비출 뿐
동전을 던지며
날은 언제 샐까요 목소리로
다가서던
어두운 얼굴들조차 밝힐 수 없는
휴지통과 병정들의 거리를 두고
이제 쉬셔요.
오징어와 고모님의 슬픔이 구워져 향기로울 동안
평등과 풍요의 쓸쓸함을 배우는
야간학교에서 돌아오는 아이와
마음을 팔지 않기 위해
늘 술에 취해 흐느끼는 큰 아이와 함께
쥐포처럼 포개져
결코 썩지 않는 휴식에 드셔요.
깨어 지킨다면
끝까지 만나는 것은

이 땅의 칠흑과 비애
불에 데인 내 살의 쓰라림.
깨어 있는 것보다
한숨 잠이 새벽은 가깝고,
아프지 않게 꿈 같은 밤을 찢고
빛들은 노점과 세상의 바퀴를
새로이 굴릴 것이므로
고모님
이제 쥐포의 잠으로 우리는
평안해집시다.

술집 대궐에서

술집 대궐에서 너를 만난 날
장작 패듯 허리는 아파서
돌아온 봄조차 안을 수 없었다.
살 내리는 서울을 떠나 고향
황금동, 한 장 탄으로도 더워지는 방으로
행복해 했을 때
아무렇지도 않았다.
신안군 임자면
몇 그루 나무를 키우는 어머니는
너를 아주 잊었을 거라고 했을 때도
잠시 어머니 어머니
함께 소리내어 불렀을 뿐 그렇게 슬프지 않았다.

아버지
누군가 문 안에 들면 그만큼 생수生水가 고이는
샘을 가진 집이 그리운
황해도 해주사람 아버지는 밤마다
바다를 불러들였어요
가슴이 타도록 뒤척이며
한 차례 고향을 품에 안으면
흰눈처럼 매운 소금만 늘 지천으로
새벽을 밝혔어요

30년 그리움의 소금밭에서
아버지는 어느 날 한 장 파도가 되어
영 우리를 두고
고향 기슭의 끊임없는 한 사랑이 되었어요
그때 어머니는
바다쪽 기슭에 몇 그루 나무를 심고
우리는 몇 포기 슬픔과 이별을 가슴에 뿌렸어요.

지뢰 밟은 듯
허리는 아프기 시작하여
안쓰러움에 볼 부비면서도
너를 안을 수 없었다.
깨어난 요통이
두고두고 고질이 될 것 같은 예감으로
울고 있는 너와 함께
우리는 돌아온 봄조차 안을 수 없었다.

한천寒泉국민학교

화순군和順郡 한천면寒泉面 우산리牛山里
외줄기 검정 크레용의 길을
아이들은 돌아온다.
왕자王子와 같은 차림으로
분탄粉炭 길을 걸어오는 아이들이
빛나는 램프가 되어 걸리는 탄좌炭座
어둠의 크로스막장에서
석탄 내린 점심을 드는 아버지는
들리는 듯 아이들의 노랫소리에
뒤 돌아 갱구坑口를 향한다.

어둠뿐 파 먹어온 어둠뿐
아이야 너에게 풍금 소리를 듣게 하기 위해
지하 이천팔백에 살을 던졌구나
파고 또 파서 죽음에도 닿을
깊이에 이르렀구나.
어느 날 술에 취해 소리내어 울 때
너마저 울던 아이야
오늘은 배웠느냐 "별나라 달나라"
지구의 끝에서도 네 발자국과 노랫소리
들린다, 채탄부 네 아버지의 귀는
밝고도 또 밝구나.

갑조 선탄부 네 어머니는
검은 색 눈물을 고르며
오늘은 유난히 경석硬石이 많다고
발 아래 어둔 얼굴을 떠올리며
잠시 일손을 멈췄으리라.
그리고 아이야
네가 집에 다다르면 어느새
어머니는 반기겠구나, 너를 안고 마당귀를
돌고 또 돌겠구나.

학교가 파할 무렵이면
기도하는 한천 선생님들은
땅 끝에도 이를 눈부신 빛이 되라 한다.
그리고 끝까지 노래부르며
길을 가는 아이들이
오래토록 눈시울에 젖어 부시다.

박
몽
구
。

부활
수유리 3
새벽
뻐꾹 할머니
담 너머 하늘
어떤 친절
길
괴도 루팡

부활

그대 향한 그리움만 확확 탈 뿐
무엇 하나 붙들 데 없이 흔들리는 객지의 밤
기러기 한 떼 끼룩끼룩 남쪽으로 날아가고
큰 불빛 하나 모가지를 잘린 채
형장에서 떨어졌다네
두려운 산보다 더 두렵게 강보다 길게
예리한 칼이 되어
척박한 가슴들을 찌르고 갔네
꽂혀서 쇠로 된 마음들을 달궈
구경하여 둘러선 사람들의 탈을 벗겨
다시 살고 있다네
한 송이 불꽃이 모가지를 떨군
그 뒤를 쫓아
끊이지 않고 뒤따르는
저 어둠 속의 또렷한 많은 등불들
보이는가 보이는가
누가 있어 그대의 숨을 끊으랴
누가 있어 그대 다 비운 삶이 펼쳐진
무대의 막을 내리랴

수유리 3

떠나가라 하네
진종일 안개로 흐릿한 날 수유리는
짐스러운 몸 훌쩍 벗어 버리고
종로의 어둠 앞에 맞서라 하네
땅 속에 잠든 혼백에게도 기대지 말고
홀로 일어서라 하네
굳은 발바닥으로 노곤한 근육으로 간 길
다시는 되풀이하여 걷지 말고
말발굽 쿵쿵 찍으며 새 길이 되라 하네
옛 추억의 그림자가 된들
포로가 된들
먹구름이 걷힐까
그리운 사람 발길을 질러올까
지금은 갈꽃일지나 어둠 짙은 안개일지나
외침이 되어 불꽃이 되어
거리를 채우던 수유리의 넋들은
지금은 그리움만 짙어 막막한 길
대신 가라 하네
긴 나그네길
몇 발의 총성이 가릴 수 없게
큰 산이 되라 하네 넓은 강이 되라 하네

새벽

너는 무엇을 먹고 사느냐

깨진 유리 조각들 속에 섞여
빛나는 상처를 빨며 사느냐
수렁에 빠져 머리꼭지만 남아
허우적거리는 대가리를 누르며 사느냐
포도청에 꿇어 앉아 새파래진
빚을 딛고서야 다가오느냐

아느냐
너를 한 번이라도 너를
맞기 위하여
혀를 빼문 채
아스팔트에 나둥그라진 주검들을 아느냐.

우리들이 가슴설레며 기다릴수록
기다림의 충격이 튀길수록
성큼성큼 물러서는 친구야

천 길 우물 속
쑤욱 들어박혀
퍼내도 퍼내도 언제나 너는 고여 있고

퇴색하지 않는다
누가 있어 다시 네 모습을
어둠 속으로 헛소문 속으로
새나가지 못하도록 가리랴
오늘도 너를 찾아
깨진 유리산 속에 끊이지 않는 대열 속에
온몸을 던진다

뻐꾹 할머니

한 가닥 화려한 추억을 위하여
먼 산에나 박혀 살지는 않아요
기름냄새 풍기는 석간신문의
가십난에도 보이지 않아요.
해 설핏한 장바닥에서
단돈 일 원을 놓고도 다투는 뻐꾹 할머니
이 잡듯이 채 가는 힘든 세월에
하나뿐인 손주 녀석 객지로 보내 놓고
가슴을 태우다 태우다
벌써 여섯 달째 병석에 누운 뻐꾹 할머니

일제 때는 일본에서 떵떵거리고 살았지만
돈도 집도 다 버리고
가슴이 뛰는 조국을 찾아
관부 연락선을 타고 부산에 내린 날
조국은 핍박과 가난을 주었다고 말했지
그 끝에 어깨가 푹삭 내려앉도록
이 집 저 집 객귀를 쫓으려 다니시던
뻐꾹 할머니
아무도 어둠의 장벽에 맞서서
일어서지 않는 날
불같이 일어서서 거부하다가

그 밤으로 객지를 떠도는
손주 녀석 하나 보내 놓고
사이다로 사시는 뻐꾹 할머니
벌써 여섯 달째 미음으로 사시는 뻐꾹 할머니

온 세상이 일렁거리고 있어도
슬픈 방석을 뜨지 못하는 뻐꾹 할머니
애지중지 하나뿐인 손주 녀석 돌아왔어도
기쁨을 나눌 길 없는 할머니
어서 일어나세요
할머니가 쓰러진 끝에
병석 말미에 그리운 손주 사진을 놓아둔 끝에
다시 어둠의 거리는 깨어나고 있어요.

오늘은 쇠고기라도 한 근 떠가야 할까 부다.

담 너머 하늘

누가 있어 저 담 너머 하늘더러
하늘이라 부르는가
쓰러져 가는 오막살이 지붕부터
턱없이 높은 맨션 아파트의 옥상까지가
슬픈 사람 기쁜 사람 모두가
함께 보이는 하늘이라 부르는가
누가 저 하늘더러 넓다 하는가
끝내 젠장칠 아무런 잘못 없이
여위어 가는 젊음들 하나
감싸지 못하는 하늘이 아닌가
좁아져서 좁아져서
약삭빠르고 사악한 자들의 저택 위에만
으리으리한 유리창에만
비치지 않느냐
누가 저 하늘더러 넓다 하는가
긴 긴 밤 가슴치는
이 겉늙음들이 데리고 갈
하늘을 아는가
좁아도 좁아도
슬픈 사람 기쁜 사람 모두 모여서
춤추는 마당을 아는가

어떤 친절

예전부터 터놓고 지내 온 친구 여럿이 있지만 그만큼은 못하다. 그는 내가 곤경에 처할 때마다 찾아와 함께하는 것이다. 월경주기처럼 세무서의 분기별 납부 고지서처럼. 지금도 그 꼴이다. 철창 안에 나는 원숭이처럼 늘어붙어 있고 그는 나를 보자마자 손을 덥썩 쥐었다. 어디 아픈 데나 없는지 혀를 재빨리 굴려 물었다.

어떤 무식한 놈들이 이렇게 함부로 다뤘느냐고 정색을 했다. 뒷수정이 조여들며 패인 움푹한 상처를 매만졌다. 그러면서 그는 버젓이 그의 동료들을 욕했다. 위에서는 시키지도 않는데 지네들 출세를 위해서 과잉 충성한다며 푸르락붉으락 침을 뱉었다. 지나가듯이 배나 고프지 않은지 물어 보고는 대답도 기다리지 않고 우유와 빵을 듬뿍 사 왔다.

나는 잠깐 망설인다. 그는 과연 이마에 굵은 주름이 가득한 시골 아버지란 말인가. 아니면 손이 큰 시골 큰형이란 말인가. 망설임도 한두 번이지, 나는 이제 의심을 버리게 되었다. 껄껄 웃으며 기댈 언덕이 없으면 때로는 적일 수도 있는 자기에게라도 기대야 될 게 아니냐는 그의 처세술에 동의하게 되었다. 외진 데 버려두고 턱 한 번 내밀지 않는 친구들의 몰인정도 몰인정이지만 그의 속을 알아 줄 만도 하다. 정치의 ㅈ자도 모르지만 형사생활 15년에 이 월급 가지고는 아이들 대학하나 보낼 수 없어 그의 아내가 애들 여럿을 친정에 맡기고 부업에 나섰다는 그의 서민정신에 공감하게 되었다.

오늘도 철야 근무로 눈이 빨개진 그가 다시 나를 찾아왔다. 쇠불고기 한 판을 들고 내 민주정신에 대한 칭찬 한 구절을 외워 들고. 나는 아무것도 답례할 게 없어 공범의 행적을 무심결에 흘리려다가 오랜만에 고깃점을 허겁지겁 집어먹느라 목에 걸린 찌꺼기에 막혀 잠깐 주춤했다.

길

이제 이 길만은
아무도 가로막지 못하리라

누가 있어 가리키지 않아도
먼저 나가 선택한 길
아무도 끊지 못하리라

때로는 수정의 눈물이 묻어나고
때로는 눕혀져
시퍼런 칼 아래 놓이지만
이 아픔은 끝내 기쁨이어라

이제 황홀한 거리의 유혹을 벗어나
지금 사라진다 할지라도
햇빛 쏟아지는 들판이 된다면
어루만져서 무너진 가슴들 다 풀리는
따뜻한 손길만 된다면
이 길은 헛되지 않아라

컴컴한 구름이 덮친다 해도
담 밖에서 아무도
손을 흔들지 않는다 할지라도

너무도 화안히 보여라

긴 어둠 너머

외로우나 곧은 길

한 가닥

괴도 루팡

몇 번이고 눈을 씻고 보아도 세상에 보이는 것이라곤 바위 앞에 고개를 숙이는 굿, 장승 앞에 고개를 숙이는 굿, 좀 당당하지 못하고 좀도둑에게도 싹싹 빌며 목숨을 구걸하는 굿, 모두들 용케용케 빠져나가는 굿뿐인데 아직도 루팡을 좋아하세요. 고름처럼 거추장스럽게 늘어붙어 있던 악당들을 멋지게 때려눕히고 유유히 사라지는 그림자를 좋아하세요.

국민학교 5학년 가을 귀뚜라미가 각별하게 구슬피 울던 밤이었던가. 어머니의 지칠 줄 모르는 성화에도 산수책은 더 이상 들여다보아지지 않고 어쩌다가 친구형네 방에서 주워다 읽기 시작한 「괴도 루팡」을 밤새 놓을 수 없었죠. 때로는 경시총감으로 변장하여 논공행상에 눈이 어두운 수사망을 교란시키고, 때로는 덫도 피하여 칼도 피하여 인색한 부잣집을 척척 털어서 외동아들과 청상과부가 사는 어두운 집에 슬쩍 던져놓고는 감쪽같이 사라지는 루팡. 아아 얼마나 신났던지. 조브장한 가슴이 쿵쿵 울리고 시원스레 갈채가 쏟아져 내렸었죠.

보물에 눈이 먼 도둑들을 베어넘기고 애문 사람을 닥달하는 사찰계 경부를 골탕먹이고 억울하게 묶인 사람 슬쩍 풀어주고 몸만 잽싸게 날려 지붕 너머로 사라지죠. 입을 굳게 다문 채 몸만 날리죠.

아직도 루팡을 좋아하세요. 말로는 안 되는 일, 눈빛으로 안 되는 일, 가슴과 가슴 터놓고 안 되는 일들이 잔뜩 쌓인 밤. 아직도 몸을 훌쩍 날리세요. 높은 담장 너머 얼간이들의 간에 붙

150

은 가짜박사들을 쓰러뜨리고 입만 놀리기 좋아하는 게거품들을 닦아주고 어릿광대들이 가득 선 무대의 막을 내려주고 흔적도 없이 슬쩍 몸을 빼세요.

김진경.

무지개
어린이날에
토끼풀 제거 작업
갈문리의 아이들 2
갈문리의 아이들 3
서산에 가서
다리
맨손체조
성산동 시詩
거미

무지개

미군 철수지의 녹슨 보일러를
조카애는 좋아한다.
그 무수한 스팀구멍의 시커먼 입구에 난
풀잎을 나는 더 좋아한다.
비가 오고, 돌아오며 우산 속에 서서 나는 오랫동안
바람에 흔들리는 풀잎들을 보았다.

그러곤 소나기가 지난 노을에 다시 가본다
어떻게 구멍 속으로 노을이 비쳐드는지
어떤 모습으로 풀잎들이 고인 물 위에 흔들리는지
조카애는 구멍 속에 얼굴을 디밀고
무어라고 소리친다.

비쳐든 노을이 조카애의 손에
커다란 그림자를 드리우고,
나는 내 꿈같이 부끄러운 풀잎들을 밟는다.
아이는 고개를 들고
문득 하늘을 가리키는 아이의 두 손에 걸린 무지개
부끄럽게 내 발 밑에 푸른 풀잎같이
아무렇지도 않게
아이의 두 손엔 무지개가 걸려 있다.

어린이날에

신문을 읽으면
어린시절 국민학교 복도가 생각난다.
눈 큰 애는 겁이 많다고 어머니는 늘 걱정하셨지만
비 오는 날 늦게 교실을 걸어 나오다가
문득 부딪친 반공 포스터의 그로테스크한 팔뚝들
나는 정신없이 빗 속을 뛰어 돌아왔다.

어머니는 뜨거운 나의 이마를 만지며
"아이들에게 그런 걸 그리게 한담" 혀를 차시고
커서 선생이 되어 웅변 원고 더미를 앞에 놓고
나는 읽을 수 없었다. 그 똑같은 증오의 말들
어린시절의 그 어두운 복도로부터
무겁게 강요해 오는 하나의 목소리

땡볕이 내리쬐는 유월의 운동장
달아오른 황토의 열기 속에서도
등허리를 타고 흐르는 소름에 나는 몸이 떨렸다.
울진에선가 죽었다는 그 아이는
왜 어린애답지 않은 그런 말을 하고 죽어야 했을까.

엎드려 사죄해도 부끄러운 어른들은
그 아이의 죽음을 자신들의 승리처럼 시장에 내세우고

오늘 저녁 밥상머리에서 나는 신문을 찢어버렸다.
이제는 선생 노릇도 그만둔 나의 겁 많은 눈을
어머니는 걱정스레 바라보신다.

토끼풀 제거 작업

학교 마당에서 토끼풀들이 혼란을 시작했다.
처음엔 보이지 않던 것이
조금씩 잎을 내밀고, 꽃을 피우고,
아이들이 교련시간마다 못으로 그걸 파낸다.

아스팔트 위에 버려진 시든 줄기들,
밥풀같은 풀꽃들에 잠깐씩 벌들이 머물다 간다.
혼란도 꽃을 피우나?
혼란이 꽃을 피우나?
혼란만이 꽃을 피우나?

잘 정돈된 잔디밭을 볼 때마다
작은 땅뙈기에 부어진 엄청난 경영의 힘을 생각하고,
어릴 적 미군부대의 담장에 붙어있던
'접근하면 발포함'의 표지판을 생각하고,
넘을 수도 없는 철조망을 생각하고,
토끼풀이 토끼풀로 보이지 않는다. 풀꽃이 풀꽃으로 보이지
않는다.

이제 시작해야겠다. 사랑의 말을, 혼란을,
파내도 파내도 처음엔 보이지 않던 것이
조금씩 잎을 내밀고, 꽃을 피우고,

토끼풀들이 마당의 한구석에서 혼란을 시작했다.

흔들리는 풀꽃, 풀꽃들.

갈문리의 아이들 2

부르도자 소리가 교실의 햇빛을 흔들고
창문 밖으로 포연 같은 연기가 솟고 있었다.
햇빛 속에 뒤집히는 묘지들.
밀리는 흙더미 속에 묘석들이 솟았다가 사라졌다.
담배를 피우는 미군병사들
운전석에 높이 앉아 껄껄거리고

아무렇지도 않게 껄껄거리는 웃음으로
묘석들을 주워내고 있었다.
황톳빛 운동장으로 묘석들을 실어가는 달구지
여름 한낮은 땡볕 속을 천천히 움직이고 있었다.
국기들이 만장처럼 파란 하늘에 펄럭이고
땀을 흘리며 따라가는 아이들,

비오는 날도 창문 밖으로 연기가 솟고
우울하게 우리 가슴으로 엔진소리가 젖어들었다.
흙더미 우에서 우비를 쓴 병사들,
지껄이는 소리가 빗소리를 자르고 있었다.
갈문리의 무덤 위에 세워진 우리들의 학교,
언제나 우비를 쓴 병사들처럼
잘리운 빗소리가 교실 바닥으로 깔리고 있다.

갈문리의 아이들 3

영말리의 야트막한 물가,
황새들이 흰 옷 입은 농부들처럼 서 있었다.
우리가 외발로 서면 외발로 서서
끊임없이 물 속을 바라보았다.
그러다가 학살된 영말리의 사람들.
가장 맑은 혼으로 하나 꿀꺽 삼키고
호수 위를 날아올랐다.

그늘이 고인 호수 위를 한 바퀴 돌고
파란 하늘로 끝없이 솟아
그러나 어느 날 보았다.
영말리에 내려앉은 헬리콥터
폭음 속으로 황새들이 흩어지고

황새들 기다리며 우리의 가슴에 그늘이 고였다.
고여서 호수를 이루고
영말리의 야트막한 물가
황새들이 다시 찾아와도 우리에겐 오지 않았다.

언제나 외발로 서서
우리의 그늘을 바라보듯 어른거리는
영말리의 물그림자들.

서산에 가서

소똥과 염소울음이 붐비는 쇠전마당에서
너는 열심히 벙어리 손짓을 해대고,
나는 쇠털이 묻은 말뚝에 걸터앉아
열심인 너의 몸짓을 보며, 바라보는 것이 괴롭다.
어릴 적 늦은 사월의 어느 날 군청 뜰의 은행나무 뒤에서,
우리는 경찰서와 군청을 향해 몰려가는 사람들을 보았었다.

돌멩이가 날고, 유리창이 부서지고
너는 군청 관사에 살던 사람들은 벌써 도망갔다고 말했다.
사람들은 모두 돌아가고,
돌멩이가 어지럽게 흩어진 마당을 건너 우리들은 관사로 갔
다.
가구들만 덩그렇게 남은 집안을 너는 흙발로 돌아다니고
나는 묵묵히 너를 지켜보고 있었다.

너는 여기저기에 낙서를 하고 구멍을 뚫으며
나에게도 하라고 손짓했다.
하지만 나는 벽에 걸린 사진 속의 그 집주인을 알고 있었다
어머니가 자주 마실가던 그 집의 주인을,
나는 묵묵히 너의 장난을 지켜보고,
아버지를 따라 전학할 때마다 겪는 낯섦을 생각하고
전학 와서 처음 사귄 두부집 아들, 너에 대해 생각하고

몇 번 더 학교를 옮긴 뒤

아무 데도 뿌리를 내리지 못하는 어른이 되었다.

너는 소장수가 되어 열심히 벙어리 손짓을 해대고,

나는 열심인 너의 몸짓을 바라보며, 바라보는 것이 괴롭다.

열심인 너의 몸짓이 아름다운 만큼,

나 자신의 삶까지 바라보아야 하는 나의 말들이 괴롭다.

다리

풀과 풀들을 지우고
물과 물들을 지우고
건넌다는 의미도 지우고
이미 규정되기를 거부하는 너는 우상처럼 아름답다

어느 원시인의 낡은 습관처럼
네 위에서 물 속을 들여다보는 내가 너는 못마땅하겠지
나는 다른 말을 가졌다
너는 강을 부정하고, 네 부정의 말은 속력을 자랑하지만
나의 말은 차라리 너에게 고대에 멸망한 어느 아름다운 짐승
의 이름을 준다.
　그러면 거대한 맘모스처럼 그 맘모스의 혈족들처럼
　너와 너의 혈족들은 머리를 낮추어 강의 이쪽과 저쪽에서 물
을 마신다

　사람과 사람에게 속한 것들은
　언제부터 고개를 숙이지 않는 버릇을 배웠을까
　나의 낡은 습관을 거부하는 너의 팽팽히 긴장된 힘살은 노예
의 속성
　새로운 말을 가르쳐 주겠다. 새롭고도 낡은 사랑의 말을
　너의 거대한 배를 비추고 있는 강물을 보아라
　죽음과, 땀과, 눈물로 흐려진 저 흙을 보아라

너의 속력은 길을 뚫지 못한다.
재빠르게 경계를 긋고, 철망을 치고, 담을 쌓고
너의 속력은 너의 화려한 소문처럼 길을 뚫지 못한다
새로운 말을 가르쳐 주겠다
새로 시작하는 길을, 사랑을, 대지를, 무너지는 경계를
기나긴 사랑으로 흐르는 저 강물을……

맨손체조

이 저녁의 마지막 햇빛은 나에게 다른 것을 요구한다
뻗어오는 햇살의 단단한 힘살을 보면
그 단단한 힘살을 퉁겨내는 아스팔트의 또 다른 힘살을 보면
그 곁에 날카로운 반사를 하는 풀잎을 보면
알 것 같다.

알 것 같다
지금 움직이는 바람의 의도를, 바람을 위해선
나에겐 아직도 나의 것이 너무 많다.
슬픔이라든지 눈물이라든지
슬픔이 많은 날은 맨손체조를 한다.

뻗어오는 햇살의 단단한 힘살을 보며
역기를 들어야겠다고 생각한다.
너무 많은 패배에 길들어버린 머리야
너는 버리지 못하는 것이 너무 많다고 말하자
이 저녁의 햇빛에 드러나는 힘살들을 위해
체조를 한다.

이미 내 몸은 내 몸이 아니므로
머리는 몸이 감행하고 있는 풍자를 이해하지 못할 것이다.
그놈은 알콜병에 담겨진 개구리의 골처럼 더러운 것에 취해

있다.

   체조를 한다. 결별을 위해
   몸이 감행하고 있는 풍자를
   머리는 끝끝내 이해하지 못할 것이다.

성산동 시詩
—70년대의 상경기

닫힌 교문 앞에서 교정에 주둔한 군인들을 보며 돌아서고
주위에서 자취도 없이 사라져가는 친구들을 생각하며
피를 흘렸다. 수세식 변기 위에서
내 삶의 모든 증거를 압수해 가듯
꾸르륵거리며 빨아들이는 사기질의 매끄러움

닫혀진 아르바이트 집의 문 앞에서
주인 여자의 매끄러운 얼굴을 떠올리며
매끄러움 위에 떨어진 핏방울들을 보았다.
비틀거리는 걸음으로 강둑을 오르며
강둑을 따라 낮은 포복으로 기어오르는 집들

멀리 난지도에선 푸른 머릿단을 흩트리며
내 처녀 같은 보리밭이 누워 있었다.
나는 농부처럼 걸어갔다.
난지도의 샛강으로는 수세식을 거부하고 끌려온 똥들이
화난 얼굴로 굳어 있었다.

보리밭 아래쪽의 모래 위에선 분뇨차 인부들의 취한 그림자
가 흔들리고
저무는 햇빛에 푸른 보리들이 긴 그림자를 끌고 있었다.
이 보리밭의 주인은 누구일까?

영등포나 구로동의 길거리로 흔들려가는 풀잎들이 보였다.

거미

누가 나뭇가지에 해와 달이 걸린다고 했을까?
햇빛 가까이 매미소리와 징소리를 따라 기어오르던 시절은
멀고
새카만 추락의 기억

암호처럼
방금 들어온 또 다른 암호처럼
가지에서 가지로 금이 간다.

새파란 겨울 하늘에 대항하여
가지에서 가지로 금이 가는 것은 나무의 정신일까?

나무 나무 나무 나무 거미 거미 거미 거미
나무는 하늘을 향한 정신을 거부하고
한 마리 거미처럼 허공에 집을 짓는다.
허공에 집을 짓는 것은 자유를 아는 나무의 정신일까?

하늘의 한구석에 금이 가고
하늘에선 아무 소리도 들리지 않고
번개처럼
더 빠르게 빛과 빛 사이로 살아나는 얼굴

금이 간다.

허공에 집을 짓는 것은 자유를 아는 나무의 정신일까?

제3문학론

김진경

1

5월시 제1집, 제2집을 내면서 동인지로서 으레 갖추어야 할 서문序文을 붙이지 않고 미루어 온 것은 우리의 게으름 탓이기도 했지만, 우리가 모이게 된 근본적 동기가 된 최근 2, 3년간의 사건들이 쉽게 논리화될 수 없을 만큼 충격적인 것이었기 때문이다. 그러한 사정이 지금 와서 크게 달라진 것은 아니지만, 그래도 얼마간의 시간적 거리를 놓고 이제 조금씩 우리가 나아갈 바를 드러내는 논리적 작업을 시작할 때라는 점에 동인들의 의견이 모아졌다.

1980년 동인 모임이 이루어질 때 동인들 각자를 그렇게 하지 않을 수 없게 몰아간 생각은 다음과 같은 것이었다.

'우리가 이 땅에 내렸다고 생각하는 삶의 뿌리는 도대체 누구의 뿌리이며 누구의 삶인가? 분단을 수락한 상태에서 우리가 이룩하는 삶이란 근본적으로 뿌리 뽑힌 것이 아닌가?'

이 시대는 근본적으로 극복되어야 할 가난한 시대이며, 우리는 그 새로이 출발해야 할 전환점에 서 있다는 확실한 느낌이 우리를 지배했고, 시는 그 극점에서 하나의 행동이라는(생각이라기보다는) 확실한 감각이 우리를 인도했다. 이렇게 해서 5월시 제1집 『이 땅에 태어나서』가 나오게 되었다. 이제 맹목적이지만 정확했다고 믿어지는 이 더듬이의 방향을 논리화함으로써 그 폭을 넓혀 가는 것이 우리들의 임무이다.

시간적 거리를 두고 되돌아볼 때 우리가 모이게 된 동기가 된 사건은 우리가 태어난 1950년대 이후 겪어온 모든 모순의 폭발점이며, 또 우리가 태어나기 이전으로 몇 십 년을 거슬러 올라가야 하는 오래된 싸움임을 깨닫게 된다. 또 오늘날의 변해 가는 사회를 돌아보건대, 아마도 이 오래된 싸움의 전환점에 놓인 세대가 바로 우리이며 그만큼 우리에게 주어진 임무가 무거운 것이라고 믿어진다.

2

'분단상황의 극복'이라는 말은 누구의 입에서나 쉽게 나올 수 있는 말이고, 또 아무의 입에서나 튀어나와 우리의 눈살을 찌푸리게 하는 말이기도 하다. 예컨대 외세를 등에 업고 있는 자들이나, 분단으로 인해 톡톡히 덕을 보고 있는 자들이 이런 말을 한다면 그것은 또 하나의 비극이 시작되는 것이거나, 밑에 다른 의도를 숨기고 있는 것일 수밖에 없다. 중요한 것은 '어떠한 극복이며, 어떤 방식의 극복이며, 누구에 의한 극복이냐'이다. 이러한 문제를 충분히 다루기에는 그럴 만한 분위기가 되어 있지도 못하고, 지면이 허락하지 않으므로 여기서는 구체적인 문학론의 검토 비판을 통해 잠정적으로 앞서 해결해야 할 문제들까지를 드러내 보기로 한다.

오늘날의 문학이 나아가야 할 방향과 과거의 문학이 해결하지 못한 문제점들을 한꺼번에 살필 수 있는 중요한 문학론으로 우리는 김수영金洙暎의 시론을 들어볼 수 있다. 김수영이 제기

한 문제는 거슬러 올라가면 1950년대의 전통단절논의, 해방공간의 좌우대립, 1930년대 문학의 폐쇄성의 문제에까지 다다르게 되며 아래로 내려오면 1970년대의 '창작과비평'과 '문학과지성'의 문학론에 맥이 이어져 있다.

  김수영의 시론詩論이 제기하는 가장 큰 문제점은 우선 다음과 같은 구절에 놓여 있다.

  헛소리다! 헛소리다! 헛소리다! 하고 외우다 보니 헛소리가 참말이 될 때의 경이驚異, 그것이 나무아미타불의 기적이고 시의 기적이다. 이런 기적이 한 편의 시를 이루고, 그러한 시의 축적이 진정한 민족의 역사의 기점起點이 된다.
　　　　　　　　　　　　　　　　—「시여, 침을 뱉어라」

  '시의 축적이 진정한 민족의 역사의 기점이 된다'는 것은 시를 진리와 관련되는 것으로 봄을 의미한다. 이 경우 진리란 자민족自民族에게 고유한 것, 즉(일상적인 의미에서의 전통이 아니라) 인간과 사물을 이해 가능하게 하는 힘, 자민족문화自民族文化의 스스로를 갱신하는 힘 자체로서의 전통의 밝힘 가운데로 나감을 의미한다. 자민족이 자민족의 고유성을 회복할 때라야 비로소 진정한 민족의 역사가 비롯되는 것이라면, 자민족을 자민족의 고유한 것의 밝힘 가운데로 부르는 시의 축적이야말로 진정한 민족의 역사의 기점이 될 수 있는 것이다.

  그러나 또한 '그러한 시의 축적이 진정한 민족의 역사의 기점이 된다'는 것은 아직 그렇게 되지 않았음을 의미한다. 이 '되지 않았음'의 의미 속에서 우리는 오늘날까지도 막강한 영

174

향력을 행사하는 시에 대한 그릇된 생각들을 비판해 볼 수 있다.

1950년대에 진행된 전통단절논의는 한국문학에 성행되어 온 문학에 대한 그릇된 생각들을 집약적으로 보여 준다. 전통이 자명한 것으로 드러나지 않는다고 해서 전통이 사라진 것은 아니다. 전통의 숨음을 전통의 단절로 보는 것은 대단한 조급성이 아닐 수 없으며, 이 조급성은 이중의 가난을 의미하는 것이다.

전통이 숨어 버린 가난한 시대의 가난함이란 '가장 가까이 있는 고유한 것이 가장 멀리 있음'이다. 자민족에게 고유한 것은 가장 친근한 것이므로 가장 가까이 있으면서 동시에 자민족에 의해 인수되지 않았다는 의미에서 가장 멀리 있는 것이다. 이러한 시대의 시인들의 우선적인 임무는 시대의 가난함을 가난함으로 드러내는 것이다. 즉 '가장 가까이 있는 고유한 것이 가장 멀리 있다'는 거리의 인식이 가난한 시대를 사는 시인들에게는 필수적인 것이다. 가장 친근한 것으로서의 '님'이 가장 멀리 있음을 「님의 침묵」으로 노래한 한용운韓龍雲은 이러한 의미에서 탁월한 시인일 수 있다.

그러나 이러한 시대의 가난함을 가난함으로 깨닫지도 못하는 이중의 가난함에 빠져 있는 시대에는 이러한 거리의 인식은 나타나지 않으며, 시인들은 전통의 숨음을 전통의 결여로 착각하여 이 결여를 메우기 위해 외래문화의 어떤 텍스트 자체를 (그 뒤에 숨어 있는 그 문화의 힘을 보지 못한 채) 신성화하거나 선인先人으로부터 내려오는 어떤 고정된 텍스트를 전통으로 착각하여 신성화하려 한다. '전통단절'이라는 말 속에는 이 양자의 의미가 다 함축되어 있다. 왜냐하면 전통을 어떤 고정된

175

텍스트들로 해석할 때에만 '전통단절'이란 말은 가능하며, 전통이 단절된 것으로 본다는 것은 곧 새로운 종족이 되어 새로운 전통을 창조한다는 환상에 빠져 있음을 의미하기 때문이다.

이렇게 살피고 보면 복고적인 태도나 외래문화의 텍스트들을 신성시하는 태도나 모두 이중의 가난함, 이중의 훼손을 의미함을 알 수 있다. 따라서 김수영金洙暎이 시를 진리생성방식眞理生成方式의 하나로 보아 '시의 축적이 진정한 민족의 역사의 기점이 된다'고 한 것은 이 이중의 가난함을 극복하고 '가장 가까이 있는 것이 가장 멀리 있다'는 거리의 인식에로 나가려 했다는 점에서 중대한 문제제기라 할 수 있는 것이다.

그런데 '가장 가까이 있는 것이 가장 멀리 있다'는 거리의 인식은 구체적으로 무엇을 의미하는가?

산문이란 세계의 개진開陳이다. 이 말은 사랑의 유보로서의 '노래'의 매력만큼 매력적인 말이다. 시에 있어서의 산문의 확대 작업은 '노래'의 유보성에 대해서는 침공적侵攻的이고 의식적意識的이다. 우리들은 시에 있어서의 내용과 형식의 관계를 생각할 때 내용과 형식의 동일성을 공간적으로 상상해서 내용이 반, 형식이 반이라는 식으로 도식화해서 생각해서는 아니된다. '노래'의 유보성, 즉 예술성이 무의식적이고 은성적隱性的이기는 하지만, 그것은 반이 아니다. 예술성의 편에서는 하나의 시작품은 자기의 전부이고, 산문의 편, 즉 현실성의 편에서도 하나의 작품은 자기의 전부이다. 시의 본질은 이러한 개진開陣과 은폐隱蔽의 세계와 대지의 양극의 긴장 위에 서 있는 것이다.

—「시여, 침을 뱉어라」

176

위의 방점 친 "시의 본질은 이러한 개진과 은폐의 세계와 대지의 양극의 긴장 위에 서 있는 것이다"라는 구절은 어떻게 해석하느냐에서 '창비'와 '문지'는 서로 다른 일면을 강조하여 각각 다른 입장을 취하고 있다. 필자는 세계世界와 대지大地를 '자민족에게 고유한 것'과의 관련 속에서 논함으로써 '창비'와 '문지'가 위 구절의 전체적인 의미를 살피는 데 실패했음을 드러내 보고자 한다.

가난한 시대의 가난함을 우리는 앞에서 "가장 가까이 있는 고유한 것이 가장 멀리 있음이다"고 말했었다. 그러면 우선 우리에게 가장 가까이 있는 것은 무엇인가? 그것은 대지, 즉 자민족어自民族語의 명명력命名力이다. 이것은 우리에게 생래적生來的인 것이기 때문에 무의식적인 것이다. 김수영은 이 대지, 즉 시작詩作에 있어서의 형식이 생래적임을 "시작詩作은 '머리'로 하는 것이 아니고, '심장'으로 하는 것도 아니고, '몸'으로 하는 것이다. '온몸'으로 밀고 나가는 것이다. 정확하게 말하자면, 온몸으로 동시에 밀고 나가는 것이다"라고 표현하고 있다. 자민족어의 명명력은 타고난 것이므로 무의식적인 것이고 그렇기 때문에 '시인은 자신이 시인이라는 것을 모른다.'

이 생래적인 것은 그러나 자민족에 의해 자신의 것으로 인수引受되지 않았기 때문에 고유한 것이 아니다. 우연히 주어진 것은 자민족이 본질적인 의지에 의해 자신의 것으로 받아들일 때에만 자민족에게 고유한 것으로 된다. 이 자민족이 생래적인 것을 고유한 것으로 인수하는 것은 낯선 이국異國을 편력함으로써 자기를 냉철하게 파악할 수 있을 때 비로소 가능하다. 생래적인 것이 고유한 것으로 되기 위해서는 자민족어의 명명력이 명명할 수 없는 것을 명명命名하고 또 명명할 수 없는 것에 직면해서 자기 자신을 세우도록 최후의 궁지에까지 몰리지 않으면 안 된다. 그렇기 때문에 민족의 시인들은 시를 통해 이국을 편력한다. 이 편력을 통해 경험을 쌓은 자만이 고유한 것에로 접근할 수 있다. 이것이 가난한 시대에 있어 가장 가까이 있는 고유한 것에 가장 멀리 접근하는 방식이다. 고유한 것이 망각되어 버린 가난한 시대에 있어서는 이것이 고유한 것에 접근하는 유일한 방식인 것이다.

앞에서의 "시의 본질은 이러한 개진과 은폐의, 세계와 대지의 양극의 긴장 위에 서 있는 것이다"라는 김수영의 말에 있어서의 세계와 대지도 이러한 편력과 귀향의 의미 속에서 비로소 바르게 살펴질 수 있다. 대지는 생래적인 것으로서의 민족어民族語의 명명력이며, 세계는 그 생래적인 것으로서의 명명력이 고유한 것으로 되기 위해 명명할 수 없는 것에 직면하여 자신을 최후의 궁지까지 몰아넣는 모험이다. 이 세계와 대지의 투쟁을 통한 통일 속에서 '고유한 것'의 밝힘으로써의 진리가 작품 속에 자기정립自己定立되는 것이다.

이 세계와 대지를 편력과 귀향의 의미 속에서 살펴 우리 문학을 논할 수 있는 구체적인 용어로 바꾸어 본다면 '모더니티지향성志向性'과 '전통지향성傳統志向性'으로 될 것이다. 김수영의 문제제기는 한국문학에 이 '모더니티지향성志向性'의 축도 '전통지향성傳統志向性'의 축도 세워지지 않고 있다고 보는 데 있다. 그렇기 때문에 자신은 내용 쪽을 선택하여 모더니티지향志向의 바른 의미를 세워 보겠다는 것이다. '문학과지성' 쪽에서 보는 김수영은 여기에 중점을 놓고 본 김수영이다. 김수영이 그 이전의 모더니스트들과는 달리 모더니즘의 기교를 배운 것이 아니라 세상을 새롭게 보는 방식 자체를 배웠다는 것이다. '문학과지성'이 지향하는 바도 거칠게 말하자면 여기에 놓여 있다. '문학과지성'의 이러한 입장은 '프랑스를 포함한 서구의 문학이 오늘날의 민족문학民族文學에 더 이상 근본적인 새로움일 수 없다'는 점에서 마땅히 비판되어야 할 것이다. 우리가 이국異國의 편력을 통해 배워야 할 것이 자민족의 고유한 것을 찾는 방식 자체라면 우리가 편력해야 할 이국은 서구가 아니라 우리와 비슷한 처지에 있는 제3세계일 것이다. 오히려 우리가 가장 염려해야 할 바는 서구문화에의 중독현상인 것이다.

　이러한 의미에서 '창작과비평' 쪽의 오늘날의 민족문학은 제3세계의 문학과 공동 보조를 취해야 한다는 주장은 설득력이 있다. 그러나 이러한 주장도 제3세계의 문학과의 접촉이 사실상 어려운 형편이고 보면 맥이 풀릴 수밖에 없다. '어떤 민족이 자신의 고유한 것을 찾는 방식'을 우리가 이해하기 위해서는 20~30년의 준비가 있어야 할 것이다. 앞에서 살펴보았듯이 자신에게 고유한 것을 배우는 것이 다른 민족에게 고유한 것을 배움으로써만 가능한 것이라면 이것은 매우 곤란한 사태가 아닐 수 없다. 더구나 제3세계와의 접촉이 외적인 여건에 의해 점점 불가능해지고 있다고 할 때, '창작과비평'이 그에 대신할 만한 변수를 찾아낼 수 있느냐 없느냐의 문제는 사활死活이 걸린 문제로 보인다.

　3

　앞에서 말한 변수를 한국문학 속에서 찾는다면 1920년대의 민족문학과 프로문학의 대립 언저리에서 찾아질 수 있을 것이다. 프로문학을 어떻게 볼 것이냐 하는 문제는 오늘날의 문학이 분단을 극복하는 방향으로 나가려 한다고 할 때 해결해야만 할 가장 중대한 문제이다. 김수영의 시론詩論은 이 문제에서 한계에 부딪친다. 이것은 동시에 김수영의 시론의 바탕에 깔려 있는 하이데거 예술론의 한계이기도 하며, 1920년대의 진정한 시인으로 한용운만이 있다는 식의 논법의 한계이기도 하다. 다가올 신神의 자리에 역사적 미래를 놓는 입장이 엄연히 존재하며, 그러한 쪽에서 보면 그러한 쪽이 시의 전부인 것이다. 김수영이 말한 내용이 형식이 되고 형식이 내용이 되는 기적은 바로 여기에서 일어나야 한다. 그래야지만 삼팔선三八線은 뚫릴 수 있는 것이다. 1920년대의 진정한 시인으로 한용운만이 있다는 것은 형식 쪽에서 하는 말이다. 다가올 신의 자리에 역사적 미래를 놓아야 한다는 것은 내용이 하는 말이다. 겨우 영국이나 미국, 프랑스의 문학에로 모험해 가는 반도의 한구석에 폐쇄된 문학은 삼팔선을 뚫을 수 없다.

이제 민족어의 명명력이 진실로 명명하기 어려운 것 앞에서 자신을 세워야 하는 모험을 감행할 때이다. 5월은 이러한 진정한 모험과 귀향에로 우리를 부르는 목소리이다. 그러나 또한 이 부르는 목소리에 응하는 작업이란 조급하게 이루어질 수 있는 성질의 것이 아니다. 지리적인 통일은 통일의 시작이지 통일의 끝이 아니라고 할 때, 진정한 통일을 이루는 데는 분단된 기간 이상의 시간이 필요하다고 할 때, 우리는 우리들의 작업이 그 시간에 긍정적으로 작용할 수 있는 한 작은 힘을 준비하는 것이기를 바란다.

4

시를 쓰는 자는 천재도 영웅도 아니다. 생활에 쫓기고 쓰러지다 풀이 꺾이어, 살아남아야 한다는 맹목에 지배되는 삶이란 도대체 무슨 의미가 있는가 하고 머뭇거리는, 가장 하찮은 자들 중의 하나가 시를 쓰는 자이다. 그가 민중 속에 있는 것이 아니라 그가 민중이며 한 인간이다. 다만 그 슬픔을 그 고통을 좀 더 오래 응시하고, 그럼으로써 그 시대의 어둠을 명명하도록 불려졌다는 점이 다르다면 좀 다른 점이다. 그나마도 그의 말의 대부분은 자신의 말이 아니라 그 민중에게 속한 것이다. 시를 쓰는 자가 화를 입는다면 이 말 때문이다. 말은 그의 행동이며 그의 모든 것이다. 이 말은 앞뒤를 돌아보지 않는 말이며, 눈치를 보지 않는 말이며, 겁도 없는 말이다. 시를 쓰는 자는 가장 순수하게 구속되어 있는 자이다. 가장 깊게 살려는 자신의 삶은 그렇기 때문에 자신에게 속한 것이 아니라 모두에게 속한 것이며, 그의 모든 것을 의미하는 그의 말은 그렇기 때문에 자신의 말이 아니라 모두에게 속한 말이다. 그의 말이 겁이 없는 것은 그의 말이, 그의 삶이 모두의 말이며 모두의 삶이기 때문이다.

그의 말이 겁을 먹기 시작한다면 그것은 그가 이 순수한 구속을 저버렸기 때문이다. 모두의 삶으로 될 수 없는 개인의 삶을 살려 할 때 모두의 말이 아닌 개인의 말을 하려 할 때 그의 말은 겁을 먹는다. 왜냐하면 시를 쓰는 자는 그 개인으로 볼 때 천재도 영웅도 지도자도 아닌 가장 어리석고 가장 겁이 많은 자이기 때문이다. 그의 말이 겁을 먹기 시작한다면 그는 이미 시를 쓰는 것이 아니라 혼자만의 넋두리를 하고 있는 것이다.

시를 쓰는 자의 말이 우리에게 의미 있는 것은 그의 말이 자신의 말이면서 동시에 모두의 말일 수 있을 때이다. 시를 쓰는 자의 고난이 의미 있는 것은 그의 삶이 자신의 삶이면서 모두의 삶일 때이다. 그 시대의 어둠을 명명하도록 부름을 받아. 그 순수한 구속을 기꺼이 받아들일 때 비로소 시를 쓰는 자는 진정한 시인일 수 있다. 우리는 이 말이 우리에게 최대의 구속으로 작용하기를 바란다.

나종영

1954년 전남 광주에서 태어났다. 교편을 잡은 아버지를 따라 함평, 장성, 강진 등으로 초등학교를 이곳저곳 옮겨 다녔다. 어린 시절 학교를 여러 곳 옮겨 다닌 탓에 여러 고을의 자연과 지리, 풍습을 체험했고, 이것이 후에 문학을 하는 데 좋은 자양분으로 작용했다. 수많은 시인, 소설가를 배출한 광주고등학교 문예반에서 활동했고, 부모님의 권유로 전남대 경제학과를 입학하고 졸업했다.

1981년 창작과비평사 13인 신작시집 『우리들의 그리움은』으로 등단했으며, 시집으로 『끝끝내 너는』, 『나는 상처를 사랑했네』 등이 있다.

1980년대 초 광주민중문화연구회와 도서출판 광주의 창립에 주도적으로 관여했고, 광주·전남작가회의, 순천작가회의의 출범을 이끌었다. 또한 2005년 9월 광주·전남 지역 최초의 종합문예지 『문학들』을 지역 문인들과 함께 창간하고 지금까지 통권 60호를 발행했다. 현재는 한국문화예술위원회 위원, 조태일시인기념사업회 부이사장으로 있다.

곽재구

1954년 전남 광주에서 태어났다. 전남대 국문과를 졸업하고, 숭실대 대학원에서 한국현대문학을 전공했으며, 현재 순천대 문예창작과 교수로 재직하고 있다. 1981년 『중앙일보』 신춘문예에 시 「사평역에서」가 당선되어 문단에 등단했으며, 이후 '5월시' 동인으로 활동했다.

시집으로 『사평역에서』, 『전장포 아리랑』, 『한국의 연인들』, 『서울 세노야』, 『참 맑은 물살』, 『꽃보다 먼저 마음을 주었네』, 『와온 바다』, 『푸른 용과 강과 착한 물고기들의 노래』 등을 간행했으며, 시선집 『우리가 별과 별 사이를 여행할 때』 등이 있다. 신동엽창작기금(1992), 동서문학상(1996), 대한민국문화예술상(문학, 2018)을 받았다.

박주관

1953년 전남 광주에서 태어나 광주일고와 동국대 국문과를 졸업했다. 1973년 「풀과 별」로 등단했다. 상명여고 교사로 재직 중 '5월시' 초대 동인으로 참가했다. 문예진흥원을 거쳐 『무등일보』, 『호남신문』, 『광남일보』 기자를 지냈다. 시집으로 『남광주』, 『몇 사람이 없어도』, 『사랑을 찾기 위하여』, 『적벽은 아름답다』 등을 펴냈다.

2001년 천상병문학상 등을 수상하였다. 2012년 지병으로 광주에서 사망하였다.

최두석

1956년 전남 담양에서 태어났다. 중·고등학교는 광주에서 다녔고, 서울대 국어교육학과를 거쳐 국어국문학과 대학원을 졸업했다.

1980년 『심상』을 통해 등단했고, 시집으로 『대꽃』, 『임진강』, 『성에꽃』, 『사람들 사이에 꽃이 필 때』, 『꽃에게 길을 묻는다』, 『투구꽃』, 『숨살이꽃』 등을, 평론집으로 『리얼리즘의 시정신』과 『시와 리얼리즘』을 간행했다. 오장환문학상을 수상했다.

강릉대 국문과 교수를 거쳐 현재 한신대 문예창작학과에서 교수로 일하고 있다.

이영진

1956년 전남 장성에서 태어났다. 1976년 『한국문학』에 「법성포」 등으로 한국문학 신인상을 수상(1976)하며 등단했다.

1981년 동인 결성에 주도적 역할을 하여 '5월시' 동인시집을 발간했다. 도서출판 청사, 인동출판사 등을 거쳐 1986년 자유실천문인협의회 사무국장을 역임했고, 『전남매일신문』 사장, 광주아시아문화전당 기획단장 등으로 일했다. 이후 아프리카의 남아프리카공화국과 나미비아, 미얀마 등에서 오지탐사를 하면서 사진 촬영에 몰두하고 있다.

시집으로 『6·25와 참외씨』, 『숲은 어린 짐승들을 기른다』, 『아파트 사이로 수평선을 본다』 등이 있다.

윤재철

1953년 충남 논산에서 태어나 초중고 시절을 대전에서 보냈다. 서울대 국어교육과를 졸업하고 1981년 '5월시' 동인으로 작품 활동을 시작했다.

시집으로 『아메리카 들소』, 『그래 우리가 만난다면』, 『생은 아름다울지라도』, 『세상에 새로 온 꽃』, 『능소화』, 『거꾸로 가자』, 『썩은 시』 등과 산문집으로 『오래된 집』, 『우리말 땅이름 1·2』 등이 있다. 신동엽문학상과 오장환문학상을 받았다.

1985년 『민중교육』지 사건으로 구속 해직된 후 1999년 복직되어 다시 교

직생활을 하다가 정년퇴임하여 현재는 자가 격리되어 집필활동에 전념하고 있다.

나해철

1956년 전남 나주에서 태어났다. 유아 때부터 10세까지 영산강의 둑 바로 밑에서 살았다. 상여가 나가고, 굿판이 열리고, 마당에서 혼례를 올리고, 큰집에 사람들이 모여 제사를 지내는 동안, 바라보는 흥겨움과 신비와 슬픔이 있었다.

1972년 광주일고에 입학하여, 후에 '5월시' 동인이 되는 곽재구, 박몽구, 최두석을 동기동창으로 만나고, 나종영과 박주관에 이끌려 문학 서클 '용광'에 가입했다. 대학에서는 곽재구가 곁에서 시를 잃지 않게 해 주었다. 1976년 대구 영남대에서 주최하는 천마문학상 시 부문에 당선되었다. 1982년『동아일보』신춘문예에 당선되고, '5월시' 동인에 합류했다.

시집으로『무등에 올라』,『그대를 부르는 순간만 꽃이 되는』,『긴 사랑』,『꽃길 삼만리』등을 펴냈다. 2016년 세월호 참사 때 304편의 하루 한 편의 시를 써 페이스북에 발표했고,『영원한 죄 영원한 슬픔』이라는 제목의 시집으로 엮어 냈다. 한국작가회의, 민족문학연구회 소속이다.

박몽구

1956년 전남 광주에서 태어났다. 전남대 영문과를 졸업하고, 한양대 대학원 국문과를 졸업했다. 1977년 월간『대화』로 등단하여, 5·18 광주민중항쟁을 주제로 한 시집『십자가의 꿈』을 비롯,『칼국수 이어폰』,『황학동 키드의 환생』등의 시집을 상재했다. 한국크리스찬문학상 대상을 수상했다.

1978년 민주교육지표 사건 관련 1년여의 수배와 투옥 끝에 1980년 당시 시국 관련 학생 조직인 전남대 복학생협의회 회장을 지냈다.

5·18 당시 전남대생 200여 명과 함께 전남대 앞에서 계엄군과 대치 중 시민들과 합세하기 위해 금남로로 진출하여 전투경찰 및 계엄군과 맞서 싸웠다. 이것이 5·18의 발단이 된 것으로 평가받고 있다. 5·18 기간 중 범시민궐기대회를 주도한 혐의 등으로 내란죄로 수배 투옥된 바 있다. 5월구속부상자회 회원이다.

5·18 이후 서울로 상경하여 자유실천문인협의회 청년위원장 등을 지냈다. 월간『샘터』편집장을 역임하고, 현재 계간『시와문화』주간, 순천향

대 객원교수로 있다.

김진경

1953년 충남 당진에서 태어났다. 휴전이 되기 3개월 전에 태어나 전쟁의
흔적 속에서 어린 시절을 보냈다. 첫 시집 『갈문리의 아이들』은 이러한 어
린 시절의 풍경과 사람들은 계속 살아가기 위해서 이 참혹하고 낯선 상처
들을 어떻게 친숙하게 녹여 낼까 하는 물음이 담겨 있다.
1974년 한국문학신인상으로 등단했다. 자족적인 시 쓰기를 수년간 하던
중 1980년 5월 광주항쟁이라는 피 흘리고 있는 상처를 만나 '5월시' 동인
으로 활동하고, 이후엔 교육운동에 참여하게 되었다. 이후 본업이라고 생
각하는 글쓰기와 교육운동 관련 활동 사이에서 갈등하며 지냈다. 그동안
교육에세이집 『스스로를 비둘기라고 믿는 까치에게』를 내기도 했고, 동화
『고양이 학교』로 프랑스 아동청소년 문학상 앵꼬륍띠블상을 받았다.